KB178846

조정래 대하소설

아리랑

조정래 대하소설

아리랑

청소년판

[제1부 아, 한반도]

조호상 엮음 | 백남원 그림

해냄

| 작가의 말 |

미래의 나침반이며 등불

흔히 학생들이 싫어하는 공부에 꼽히는 것이 수학 다음에 역사다. '연대 외우느라고 머리에 쥐가 난다'는 게 그 이유다. 주입식 암기 교육이 저지른 병폐다. 그건 잘못된 일본식 교육의 잔재인 것이다.

역사교육은 '연대 외우기'가 아니라 '그 흐름의 이해'여야 한다. 이야기로서의 역사 흐름을 이해하게 되면 연대는 부차적으로 기억하게 된다. 그런데 시험문제를 연대 암기식으로 내니 학생들이 역사 공부에 진저리를 칠 수밖에 없다.

또한 역사에 대한 일반적 인식도 문제다. 흔히 역사란 '과거'라고 생각한다. 그것은 '시간'만을 한정해서 생각한 아주 잘못된 인식이다. 시간의 흐름이란 한 줄기로 계속 이어져 흐르는 물의 흐름과 같고, 우리 인간들의 생명의 흐름도 그와 다를 게 없다. 따라서 나는 아버지로부터 왔고, 아버지는 할아버지로부터 왔다는 이 쉽고 평범한 사실을 명심하는 것, 그것이 역사 인식의 기본이다. 그러므로 어제는 오늘의 아버지이고, 내일은 오늘의 아들인 것이다. 이 필연적 연속성에 의해 역사는 '지나가 버린 과거'가 아니고 '살아 있는 현재'이며 '다가올 미래'인 것이다. 그래서 역사는 오늘의 좌표를 설정하는 교훈이고, 문제 해결의 방법을 알려 주는 열쇠가 된다. 또한 역사는 미래를 가리키는 나침반인 동시에 미래를 밝혀 주는 등불인 것이다.

우리 한반도는 강대국들 사이에 끼어 있는 작은 땅이다. 우리가 하필 이 작은 땅에 태어나, 살다가, 여기에 뼈를 묻어야 하는 건 우리의 힘으로는 어찌할 도리가 없는 우리의 운명이고 숙명이다. 이 작은 땅, 약한 나라라서 5천여 년 동안에 크고 작은 외침을 931번이나 당했고, 끝내는 일본에게 나라를 빼앗기는 굴욕을 당하고 말았다.

'과거를 기억하지 못하는 사람은 그 과거를 되풀이한다.' 철학자 조지 산타야나의 말이다. '역사를 망각하는 민족에게는 미래가 없다.' 독립투사 단재 신채호 선생의 말이다. 치욕스러운 역사일수록 똑똑하게 기억해야만 하는 이유가 거기에 있다. 그래서 나는 일제 강점기의 굴욕과 핍박과 저항을 『아리랑』에 썼다.

그런데 그 이야기가 너무 길어 공부도 벅찬 학생들에게 꽤나 부담이 될 것 같았다. 그래서 좀 가볍고 쉽게 읽을 수 있도록 '청소년판'을 새로 엮게 되었다. 아무쪼록 우리 민족의 역사를 이해하는 데 청소년 여러분들의 친근한 벗이 되기를 바란다.

광복 70년, 분단 70년에

조정래

차례

제1부 아, 한반도

작가의 말 5

1 역부의 길 11

2 철도 공사장 일꾼 27

3 거미줄 51

4 이민이냐 노예냐 73

5 일진회 지부 92

6 차라리 죽자 110

7 어떤 양반 128

8 겨울 들녘 150

9 혼탁한 물결 167

10 우리 어찌 살거나 186

11 장례식 204

주요 인물 소개 224

소설에 담긴 역사 속 주요 사건 227

※ 일러두기

조정래 대하소설 『아리랑 청소년판』은 원작 『아리랑』을 청소년의 눈높이에 맞춰 분량을 줄이고 내용을 다듬는 것을 원칙으로 하였습니다. 다만, 소설의 특성상 역사 속 사건들의 현재성을 유지하기 위해 원작에서 사용한 방언 및 어휘를 그대로 따랐음을 알려드립니다.

1

역부의 길

초록빛 가득한 들녘 끝은 아슴하게 멀었다. 그 가없이 넓은 들판으로 바다 쪽에서 잿빛 구름이 몰려왔다. 두껍고 칙칙한 구름덩이들은 서로 얽히고설켜 꿈틀대고 뒤척이며 뭉클뭉클 커져 갔다. 그 먹구름은 살아 있는 괴물처럼 흉물스럽기도 했고, 무슨 액운을 품고 있는 것처럼 음산하기도 했다. 성난 짐승 무리가 내달아 오는 것 같은가 하면, 총칼을 든 도둑 패가 몰려오는 것 같기도 했다.

거친 바람과 함께 밀려오는 끈끈한 갯내음을 들이켜며 세 사람이 들판을 걷고 있었다.

"요상스러워라. 해필 하늘까지 저리 궂은지 모를 일이시."

두 남자를 따라가느라 잰걸음질 치며 여자는 하늘을 힐끗 올려다보았다. 여자는 똑같은 말을 벌써 몇 번이나 했다. 하지만 두 남자한테서는 한마디의 대꾸도 건너오지 않았다.

"어이 삼출이, 비가 엄청 안 오겄는가? 갯내도 요리 진허고."

여자는 답답한 속을 더는 참지 못하고

삼출이를 불렀다. 차마 아들에게 말을 걸 수는 없었다. 생이별의 멀고 먼 길을 떠나야 하는 아들의 심사를 헤아렸던 것이다.

"야, 한 줄금 되게 퍼부을 성싶구만이라우."

한 남자가 바람 소리를 이기려는 듯 큰 소리로 대꾸했다.

"뱃길에 비가 억수로 퍼부으면 어쩌까?"

"참 아줌니는, 바람아 불어라 허고 빌어야 쓸 판 아닌가요, 시방?"

삼출이란 남자가 비로소 고개를 돌리며 웃음을 지어 보였다.

"옳아, 인제 보니 우리 영근이 못 가게 하늘이 돕는갑네."

여자의 말에는 생기가 돌았다.

"아이고메 엄니, 바람이 석 달 열흘을 분다고 무슨 소용이 있다요? 왜놈 돈 20원 받아먹은 목숨인디. 공연히 헛생각 먹지 말랑게라."

방영근은 퉁명스럽게 내쏘았다.

"그려, 느그 아부지가 야속허고 그놈의 돈이 원수제, 돈이……."

여자는 금방 풀이 죽어 맥없이 고개를 끄덕였다. 꺼칠한 얼굴에 울음이 번지고 있었다.

세 사람은 끝없이 펼쳐진 들판을 걷기에 지쳐 있었다. 끝이 하늘과 맞닿아 있는 넓디넓은 들녘은 기를 쓰고 걸어도 제자리에서 헛걸음질을 하고 있는 것 같은 착각에 빠지게 만들었다. 그 벌판은 '징게 맹갱 외에밋들'이라고 불리는 김제·만경 평야로 호남평야의 일부였다.

그 넓은 벌판 이곳저곳에 띄엄띄엄 야산이 있고, 그 야산들은 모둠모둠 마을을 품고 있었다. 벌판을 논으로 일구어 목숨줄을 이어 온 사람들이 야산 자락에 옹기종기 모여 사는 터를 만들었던 것이다.

"아줌니, 군산 다 왔소. 힘들지라?"

"아니시, 비 피해서 다행스럽구만."

감골댁은 얼른 허리를 세우며 대답했다. 점심을 굶은 채 50리 길을 걷느라 절로 허리가 접혔던 것이다.

"잡것, 누가 왜놈들 안마당 아니라고 얼찐대고 지랄이랑가?"

지삼출이 앞을 가로질러 가는 인력거를 보고 침을 뱉었다.

"성님, 입조심허시오. 왜놈들이 왜놈이란 말 더 잘 알아듣는다니께."

방영근이 쓴웃음을 지었다.

"요러다가 조선 천지가 왜놈들 차지 되는 것 아닌지 모르겄다."

지삼출이 방영근을 힐끗 보았다.

"세상 돌아가는 꼬라지가 아마 그리될지도 모르요. 올봄에 아라사를 전쟁에서 이기더니 왜놈들 군대뿐만 아니라 민간인까지 정신없이 몰려든답디다."

방영근의 말끝에 한숨이 묻어났다.

"그리되면 막판 보는 것이제!"

"성님, 무슨 소리요? 또 그때처럼 나서겄다 그것이오?"

지삼출을 쏘아보는 방영근의 눈길에 가시가 돋쳤다.

"아녀, 내가 미쳤간디? 얼른 회산지 사무손지나 찾아가자, 비 퍼붓겄다."

무슨 큰 흠집을 내보인 것처럼 지삼출은 얼른 딴전을 피웠다.

그때 빗방울이 후둑후둑 듣기 시작했다.

"성님, 그때 나서 갖고 된 일이 뭐가 있소? 아까운 목숨들만 엄청 죽었지."

"알어, 알어. 입에서 헛바람이 샌 것이라닝게."

방영근의 고집을 아는 지삼출은 잘못 걸렸다 싶어 그의 말을 막으려고 팔을 내저었다.

"성님, 그때 왜놈 군대허고 요새 왜놈 군대는 하늘허고 땅 차이란 말이오. 그때도 졌는디 인제 더 말헐 것 있겄소? 허고, 성님은 애기들 아부지란 말이오, 아부지!"

방영근은 얼굴에 맺혀 오는 빗방울을 손바닥으로 와락 훔치며 '아부지'에다 힘을 넣었다. 괜히 자식들 나 같은 신세 만들지 마시오, 하는 말이 곧 터지려 했지만 꾹 눌러 참았다. 뒤따라오는 어머니가 들으면 가슴에 못을 치는 일이었던 것이다.

"자네 맘 다 알아. 내 자네 말대로 허겄네."

지삼출은 침통한 얼굴을 비에 적시며 고개를 끄덕였다. 방영근의 아버지가 그때 나서지 않았다면 빚을 지지 않았을 테고, 그랬으면 왜놈 돈의 올가미에 걸려 부모 형제와 이렇게 생이별하는 일도 없었을 것이다. 왜놈들 때문에 아버지를 잃고, 자신마저 왜놈들 손에 틀어잡히게 된 그의 심정이 어떨지는 더 말할 것도 없었다.

해변 쪽에서 대륙식민회사를 찾아내기는 그다지 어렵지 않았다.

지삼출이 앞으로 나서 문을 옆으로 밀었다.

"거 누구여!"

거만스런 말투가 날아왔다. 지삼출은 그 말이 조선말인 것에 우선 반가움을 느꼈다.

"죽산면 방영근이가 왔는디요."

"그려 방영근이, 어째 이리 늦었어."

한 사내가 다가왔다. 그때서야 지삼출은 그 사내가 장칠문인 것을 알아보았다. 그를 보자 비위부터 상했다. '역부'라는 이민자를 모집한다고 왜놈을 앞세우고 동네마다 헤집고 다니는 그놈은 무슨 벼슬이라도 하는 양 위세를 부렸다.

"당신은 뒤로 빠지고, 방영근이, 이리 들어와. 딴 사람들은 가 보시오."

장칠문은 방영근의 팔을 우악스럽게 잡아 안으로 끌어 들였다.

"아이고메, 요리 허망허니 이별허라니, 안 될 일이여, 안 돼야!"

감골댁이 후닥닥 내달아 두 손으로 문을 확 틀어잡았다.

"이 노인네 어째 이려! 여기까지 바래다줬으면 됐지 이별은 또 무슨 이별? 집에나 얼른 가 보시오."

장칠문은 버럭 소리를 지르고는 문을 닫으려 했다. 하지만 감골댁이 워낙 꽉 붙들고 있어 문은 꼼짝하지 않았다.

"비가 억수로 오고 천둥이 쳐도 배를 띄운다요?"

감골댁의 애타는 물음이었다.

“그것이야 우리가 다 알어서 헐 테니 그만 가시오.”

장칠문은 또 문을 닫으려 했다.

“돈은 언제 건네주는 것이다요?”

지삼출이 한 발짝 앞으로 나섰다.

“이 사람이 배에 딱 오르면 그날로 줄 것이오.”

넌 뭐냐는 듯 장칠문이 지삼출을 위아래로 훑으며 대꾸했다.

“아니, 사람이 왔으면 당장 내놔야 이치가 안 맞소?”

“돈을 줬는디 배 타기 전에 내빼면 누구 좋은 일 시키라고?”

장칠문은 제 돈이라도 주는 것처럼 거만을 떨었다. 지삼출은 울컥 치밀어 오르는 화를 꾹 눌러 참았다.

“아줌니, 그만 이별허시제라. 배야 비가 멎어야 뜰 것이고 우리야 갈 길이 멀지 않은게라.”

“엄니, 그리허시요. 동생들이 기다리는디 얼른 집으로 가야 안 되겄소?”

방영근은 이때다 싶어 얼른 말을 받았다.

“뱃길이 수만 리라는디, 이리 갈라지면 언제나 만나질거나?”

감골댁은 눈물을 주르륵 흘렸다.

“엄니, 나 돈 벌어 올 때까지 몸 성허게 지내야 허요 이.”

방영근이 고개를 깊이 숙여 절했다.

"되았구만."

장칠문이 문을 탁 닫아 버렸다.

감골댁은 참고 있던 통곡이 터졌다. 하지만 아들의 심사를 더 어지럽히고 싶지 않아 어금니를 맞물며 설움을 참아 냈다.

"저것이 즈그 애비부터 아주 틀려먹은 종자구만이라."

지삼출은 영근이와 손 한번 잡지 못하고 헤어진 것이 못내 서운한 참이었다.

"애비는 뭘 해 먹는디?"

"보부상 해 쳐먹다가 어찌 목돈을 잡어 여기 군산에 터 잡고 앉은 놈이다요."

"아이고 무서라, 보부상."

감골댁은 안색이 달라지며 부르르 진저리를 쳤다.

보부상은 갑오년에 수많은 농민군을 죽게 만들었다. 등짐을 지고 산길을 따라 이쪽저쪽 지방을 넘나드는 보부상은 산길을 잘 아는 데다, 발까지 빨라 길잡이로 안성맞춤이었다.

일본군이 돈까지 주며 길 안내를 맡기자 보부상들은 신바람이 나서 길잡이로 나섰다. 동학농민전쟁 초기에 전주 감영의 관군 편으로 자그마치 800명이 나섰다가 황토현에서 농민군에게 참패당한 앙갚음까지 하는 기분으로 더 신명을 올렸는지도 모를 일이었다.

동학농민전쟁에서 가족을 잃은 사람이든 아니든 농민들은 누구나 보부상을 사람 취급하지 않았다.

그런데 보부상은 그 뒤로도 외세로부터 나라를 지키려는 운동 단체인 독립협회에 맞서 어용 폭력 단체인 황국협회를 조직해 만민공동회를 습격하는 한편 많은 사람들을 죽이고 폭행을 가했다. 몇 년 뒤에는 또 일본에 합병 통치를 해 달라고 애원하는 이용구와 송병준을 우두머리로 모시고 일진회에 가담하기도 했다.

"보부상 자식 티 내느라고 또 왜놈 앞잡이로구만."

감골댁은 더 말할 것 없다는 듯 먼저 빗줄기 속으로 나서며, 20원에 생때같은 자식을 팔아먹은 것만 같고, 아들이 영영 돌아오지 못할 것만 같은 불길한 생각에 가슴이 잠겨 들었다. 무섭게 불어나는 빚만 아니라면 아들을 절대 보내지 않았을 것이다.

"아들을 배 태워 보내고 빚을 씻든지, 그것이 싫으면 딸을 내놓든지, 결정을 내려. 참는 것에도 한도가 있제, 요번엔 아주 뿌리를 뽑고 말 참이여."

빚쟁이 김 참봉은 밤낮으로 찾아와 닦달을 했다.

"미국이란 나라는 길바닥에 금덩이가 굴러다니는 천국이고, 하와이 땅은 사시장철 선들선들해 일허기가 거저먹기요. 그러니 선금 받아 빚 깨끗이 끄고, 몇 년 돈 벌어 오면 얼마나 좋소? 여기서 골 빠지게 일해 봤자 빚이 불어나 집구석 쫄딱 망허는 수밖에 더 있소?"

때맞춰 역부를 모집한다는 왜놈과 함께 장칠문이가 드나들며 바람을 넣었다. 빚쟁이 김가와 장칠문이 한통속이라는 건 금방 알 수 있었다. 김가는 장칠문이를 내세워 빚을 손쉽게 받으려는 속셈이고, 장칠문이는 빚을 이용해 쉽사리 역부를 모집하려는 것이었다.

감골댁은 아들을 하와이로 보내지 않으려면 큰딸을 김가의 첩으로 빼앗겨야 하고, 딸을 지키려면 어쩔 수 없이 아들을 하와이로 보내야 하는 막다른 형편이었다.

"보시오, 이 일을 어째야 좋단게라?"

감골댁은 저세상으로 간 남편이 원망스럽기는 처음이었다. 동학 농민군으로 나선 남편이 2년 만에 병들어 돌아왔을 때도 그저 살아온 것에 감지덕지했다. 그러나 빚을 내 약값을 대고도 남편은 끝내 병을 이기지 못했다. 남편이 떠난 빈자리에 남은 것은 빚뿐이었다. 그 빚이 달마다 해마다 불어나 결국 올가미가 되고 말았다.

"엄니, 별수 없소. 보름이 신세를 망칠 수야 있겄는게라? 빚 18원 갚고, 남는 2원으로는 보름이 시집보내시오."

아들이 생각 끝에 한 말이었다. 감골댁은 가슴이 미어졌다.

며칠 뒤, 감골댁은 지삼출에게 아들이 떠났다는 소식을 전해 들었다. 그때부터 그녀는 틈만 나면 찬바람이 휘도는 가슴으로 하늘을 바라보았다.

"아줌니, 어찌 지내시는가요?"

한쪽 어깨에 지게를 걸친 지삼출이 사립을 들어섰다.

"이, ……어여 와."

마루 기둥에 시름없이 기대 앉았던 감골댁이 무겁게 등을 뗐다.

"돈 가져왔든게라?"

"돈? 아니여."

"안 되겄는디. 영근이 떠난 지 나흘째인디, 이러다 장가 놈헌티 돈 떼일 것이오?"

지삼출은 지게를 벗고는 마루에 걸터앉았다.

"뭣이여? 그 돈이 어쩐 돈인디!"

"여지껏 안 온 돈, 앉어서는 못 받으요. 장가 놈을 찾아가야 허요."

"듣고 보니 그렇구마. 당장 나서야겄네."

감골댁은 더위를 무릅쓰며 대륙식민회사를 찾아 나섰다. 뙤약볕 내리쬐는 무더운 들녘 길을 혼자 걸으며 그녀는 노래를 읊조렸다.

새애야아 새애야아아 파아라앙새애야아

노옥두우밭에에 아안지이마라아아

노옥두우꼬옻치이이 떠어러어지며언

청포오자앙수우우 우울고오 가안다아아

녹두장군이 사형당한 뒤부터 여인네들이 남몰래 부르는 노래였다. 감골댁은 노래를 부르며 앞서 가 버린 남편을 만났고, 언제 돌아올지 모를 아들 걱정을 삭였다.

"돈? 김 참봉헌티 준 지 오래요."

장칠문의 엉뚱한 말이었다.

"무슨 소리여?"

감골댁의 얼굴이 푸득 떨렸다.

"김 참봉이 빚 받을 돈이라고 혀서 넘겨줬다 그 말이오."

"그 돈에서 2원은 우리 것이여!"

"나야 모르니까 거기 가서 받든지 말든지."

장칠문이 얼굴을 구기며 사무실을 나가 버렸다.

그 돈을 생짜로 먹을라고! 감골댁은 김 참봉을 찾아 빠르게 걸었다.

"무슨 귀신 씻나락 까먹는 소리여? 내가 받은 돈은 딱 18원이여, 18원."

김 참봉의 노기 띤 말이었다.

"아이고메, 그럼 누구 말이 옳단가요?"

감골댁은 꼭 무엇에 홀린 기분이었다.

"김 참봉이란 인종도 못 믿을 물건인디…… 장가 놈이 더 의심스럽구만이라."

지삼출이 골똘한 생각 끝에 한 말이었다.

"그럼 그 돈 떼이는 것이 아닐랑가?"

감골댁은 분함 반 근심 반이 섞인 마음으로 지삼출을 바라보았다.

"택도 없소. 그 돈 생짜로 먹을라다가는 제 놈 목이 째질 것이요. 아줌니도 맘 단단히 먹어야 허요."

"맘이야 철통인디 그놈이 왜놈까지 끼고 있으니, 무슨 좋은 방도가 없을까?"

"양쪽을 따로 만나서는 누구 말이 진짠지 모르질 않는가요? 장가 놈을 한번 더 찾아가서 그놈이 또 20원을 다 김 참봉 줬다고 허면, 당장 김 참봉을 대면허자고 들이대란 말이오."

"이, 그러면 제 놈도 꼼짝 못허겄구먼. 참말로 자네가 용허시."

감골댁은 다음 날 다시 점심도 굶어 가며 군산 50리 길을 허덕거렸다.

"허 참 답답허시. 틀림없이 김 참봉이 20원얼 챙겨 갔다 그 말이오."

장칠문은 낯빛 하나 변하지 않고 똑같은 말을 되풀이했다.

"서로 이리저리 거짓말을 허는디, 당장 김 참봉 대면허러 가드라고!"

"나야 바쁜 몸잉게 아쉬운 사람이 그 영감을 이리 데리고 와!"

장칠문이 코웃음을 치며 팔을 획 뿌리쳤다.

"안 되겄구만이라. 내일 당장 나랑 갑시다."

이튿날 감골댁은 지삼출과 함께 장칠문을 찾아갔다.

"당신이 뭔데 말이 많어? 그려, 못 주겄다면 어쩌겄어?"

"뭣이여!"

지삼출이 순식간에 장칠문을 들이받았고, 장칠문은 얼굴을 감싼 채 나뒹굴었다. 코에서 흐르는 피로 입언저리가 피범벅이었다.

"안 돼, 그까짓 2원 때문에 여태껏 공들이고 산 것이 물거품 돼야. 참어, 참어야 혀."

지삼출에게 매달린 감골댁은 애가 닳아 미칠 지경이었다.

"저런 인종을……, 저것을 그냥……."

지삼출은 감골댁의 말로 솟구치는 감정에 겨우 올가미를 걸었다.

"니 사람을 쳤어. 따라와! 니는 인제 죽었어, 따라와!"

장칠문은 한 손으로 피가 흐르는 코를 움켜쥐고 있었다.

"돈을 주겄다면 열 번이라도 따라가겄다, 요런 도적놈아."

"그려, 돈 사무실에 있응게 따라와."

장칠문의 일본 군복 같은 옷의 앞섶은 코피가 흘러 여러 개의 줄이 생겨 있었다. 오가는 사람들이 그런 장칠문의 꼴에 눈길을 모았다.

"오냐, 돈만 주면 사무실 아니라 주재소라도 가겄다."

"저놈이 돈을 줄라는 것이 아니여. 분풀이헐라는 것이제. 따라가선 안 돼야. 돈이야 저놈 먹으라고 허고 우리는 여기서 얼른 뜨드라고."

감골댁이 지삼출을 잡아끌었다.

"참말로 날강도가 따로 없구만이라. 근디, 보름이 시집은 어쩐다요?"

"걱정 마소. 우리 겉은 사람이 언제 돈 갖고 시집보냈드랑가?"

감골댁이 비로소 웃음 지었다. 지삼출도 씁쓰레하게 웃었다.

두 사람이 군산을 벗어날 즈음 세 사람이 앞을 가로막았다. 그 중 하나는 피 칠 된 옷을 입고 있는 장칠문이었다.

"아이쯔데스(저놈이오)."

장칠문이 두 헌병에게 지삼출을 손가락질하자 헌병 둘이 재빨리 지삼출을 양쪽에서 붙들고 쇠고랑을 채웠다. 지삼출은 무표정하게 서 있었고, 감골댁은 파랗게 질려 있었다.

"아이고, 왜놈이 어째 조선 사람을 잡아가냐?"

마침내 감골댁이 부르짖었다.

군사경찰훈령에 따라 1904년인 올 7월부터 이 땅의 치안이 일본군에게 넘어갔다는 사실을 감골댁이 알 리 없었다.

2

철도 공사장 일꾼

지삼출은 쇠고랑을 찬 채 판자 바닥에 꿇어앉아 무작정 매타작을 당했다.

"고노야로, 기미가 부라이까(이 새끼, 네가 왈패냐)!"

헌병은 싸리 회초리를 휘두를 때마다 똑같은 소리를 내질렀다.

"아이쿠쿠쿠……."

지삼출이 비명을 토했다. 회초리가 떨어질 때마다 살이 죽죽 찢어지는 것 같았다.

밖에 있던 감골댁은 지삼출의 비명이 터질 때마다 진저리를 쳤다.

"이놈아, 니가 뭔데 조선 사람을 패냐! 나를 우리 관가로 보내라."

지삼출은 더 참을 수가 없어 소리쳤다. 한 사내가 지삼출의 말을 일본말로 바꾸었다.

헌병은 지삼출을 차갑게 내려다보며 회초리로 제 가죽 장화를 톡톡 쳤다.

"이 달부터 조선의 치안은 우리 일본군이 맡게 됐다. 바로 너희 임금님이 결정한 사항이야. 알아듣겠어, 이 자식아!"

헌병은 구둣발로 지삼출의 무릎을 냅다 걷어찼다. 지삼출은 무릎이 부러진 것 같은 통증에 휘말리면서 통변의 입을 통해 헌병의 말을 듣고 있었다.

'인제 나라가 끝장나 부렀구만.'

지삼출은 어금니를 뿌리가 아프도록 맞물었다. 지난 기억들이 빠르게 스쳐 갔다. 황토현 싸움, 전주성 입성, 공주 싸움의 피바다, 산속 도피, 고향으로 돌아가지 못한 머슴살이의 은신 생활……. 그때 전주성을 차지한 기세로 '한양 입경'을 감행했어야만 했다. 녹두장군을 하늘이듯 우러르면서도 그 대목에서는 원망스러움을 지울 수가 없었다.

"이보시오, 아까 그 아줌니 그냥 집으로 가라고 좀 일러 주시오."

지삼출은 몸을 일으키며 통변에게 나직하게 말했다.

"알겄소."

통변은 순순히 고개를 끄덕였다.

"저 사람 풀려나기는 글렀응게 얼른 집에나 가 보시오."

통변이 감골댁에게 말했다.

"아이고메, 언제나 나온당게라?"

감골댁의 검고 주름 많은 얼굴은 온통 울음이었다.

"모르겠소."

통변은 고개를 끌어당기며 문을 닫으려고 했다.

"보시오, 때리지만 말아 주시게라우……."

감골댁이 다급하게 한 말의 대꾸는 쾅 문 닫히는 소리였다.

지삼출은 장칠문을 왜 들이받았는지 사실대로 말했다.

"돈은 돈이고 폭행은 폭행이야. 돈을 받으려면 주재소에 고발해서 법으로 해야지, 넌 폭행을 가했으니 폭행범이야. 폭행범은 가차 없이 처벌이다."

지삼출이 통변을 통해서 들은 헌병의 말이었다. 그것으로 조사는 끝났다.

지삼출은 유치장에 갇혔다. 등짝이며 어깻죽지가 아리고 얼얼했다. 그는 무릎을 세워 팔짱을 끼고 얼굴을 묻었다.

치안권이 일본 군대로 넘어갔다는 사실이 도무지 믿어지지 않았다. 갑오년 뒤로 나라가 일본 사람들 세상으로 변해 오기는 했다.

일본군은 농민군을 거의 다 잡아먹고 또 청국과 싸워 이겨 독판을 치게 되었다. 궁궐을 불태우고 왕비를 죽였다. 전봇대를 세우고 우체국을 세웠다. 우체국에는 일본 사람들이 자리 잡았다. 우체국에는 그 자리에 앉아 한양이고 부산까지 이야기를 주고받을 수 있는 전화라는 것이 가설되었다. 그리고 목포에 군인이 아닌 민간인들이 몰려든다는 소문이 들려왔다. 그걸 개항이라고 하는데, 갑오년 3년 뒤의 일이었다. 그리고 2년이 지나 군산도 개항이 되었다. 일본 사람들은 김제·만경 들판을 휘젓고 다니며 닥치는 대로 논을 사들였다. 그런 해괴한 일이 벌어지는 가운데 한양과 부산 사이에 철도가 놓인다는 소문이 퍼졌다. 몇 달 전에는 아라사하고 싸움을 시작하면서 일본 군대가 군산이며 목포에 내려 사방으로 옮겨 갔다는 말이 들렸다. 그것이 바로 치안권을 뺏기 위한 준비였다는 것을 그는 오늘에야 비로소 알게 되었다. 나라가 망했다는 생각이 한층 분명해졌다.

지삼출은 물 한 모금 얻어먹지 못하고 밤을 밝혔다.

"어이, 지삼출. 이리 나와."

통변의 말에 지삼출은 몸을 일으켰다. 몸을 움직이자 등짝이며 어깻죽지가 결렸다.

이른 아침이라 아직 사무실에는 아무도 없었다.

"저리 앉어."

통변이 걸상을 턱짓했다. 지삼출은 걸상에 엉덩이를 걸쳤다.

"어디 갇혀서 살아 볼 만혀?"

"개돼지가 아닌디 갇혀 살만 허겄소?"

지삼출은 뚱하게 대꾸했다.

"자넨 되게 걸렸어. 헌병대가 치안을 맡고 시범 보일라고 허는 참에 걸린 데다가, 장칠문이도 나나 한가지로 통변인 셈인디, 통변을 폭행허는 것은 일본 사람을 폭행허는 것이나 똑같이 취급허게 되어 있어. 그러니 감옥살이가 1년이 넘을지도 모를 일이여."

지삼출은 치미는 울분을 간신히 눌렀다.

"박치기 한 방으로 그리 오래 감옥살이 허기는 억울헌 일이고……."

마침내 통변의 속셈이 나온다 싶어 지삼출은 눈을 치켜떴다.

"……내가 미리 혀 주는 소린디, 여기서 풀려날 길이 딱 한 가지 있구만."

지삼출이 눈을 치뜨고 통변을 노려보았다.

"건방지게, 감옥살이 혀 보겄다 그것이여? 맘대로 혀."

통변이 벌떡 일어났다.

"속 모르는 소리 말랑게요. 난 똥구녕이 째지게 가난헌 머슴이란 말이오."

"뭣이라고? 허면, 내 말을 뒷돈 내놓으란 소리로 들었다 그것이여?"

"그것 말고 무슨 딴소리가 있겄소?"

"사람을 뭐로 보고 그려. 인제 나헌티 매타작을 당해야 쓰겄구만."

지삼출은 자신이 헛짚었다는 것을 알았다.

"내가 잘못 생각헌 모양인디, 무슨 방도가 있는게라?"

"딱 잘라 말허겄는디, 감옥살이를 허겄느냐, 철도 공사장 일꾼으로 나가겄느냐, 둘 중에 하나를 고르라 그것이여. 일꾼으로 나간다면 풀려나게 혀 줄 참인게."

통변은 빠르게 말을 해치웠다.

지삼출은 문득 방영근이 떠올랐다. 영근이처럼 자신도 막다른 길에 서게 된 것이었다.

성질대로 하자면 통변의 면상을 들이받고 줄행랑을 치고 싶었다. 그러나 처자식을 둔 채로 어디로 갈 것인가? 그는 애써 자신이 영근이보다는 낫다고 생각했다. 바다를 건너는 것도 아니고, 또 철도 공사가 끝나면 집으로 돌아갈 수도 있었다. 그러나 아무리 궁지에 몰렸다 해도 장칠문이를 들이받은 것을 후회하지는 않았다.

"공사장으로 간다면, 한 가지 약조헐 것이 있소."

지삼출은 통변을 똑바로 보며 말에 힘을 주었다.

"장칠문이 놈헌티 그 돈 2원을 받아 주시오."

"암, 그것이야 쉬운 일이제. 약조허지."

통변이 기세 좋게 대꾸했다.

지삼출은 자리를 차고 일어났다. 통변의 입술에는 비웃음이 물려 있었다.

다음 날 점심나절이 지나 지삼출은 감골댁을 따라온 아내를 잠시 만날 수 있었다.

"우리 일로 자네가 무슨 횡액이여? 철길 공사가 지옥이라든디, 이 일을 어째야 쓸꼬?"

감골댁이 몸 둘 바를 몰라했다. 그 옆에서 지삼출의 아내 무주댁은 눈물만 찍고 있었다.

"그래도 징역살이보다야 안 낫겄는게라? 걱정 말고, 아줌니는 돈이나 야물딱지게 받아 챙겨야 허요. 그래야 내 고생이 헛고생 안 되제."

지삼출은 그 말을 몇 번이고 다짐했다.

다른 여섯 명과 함께 주재소를 떠난 지삼출은 이틀이 지난 해질 녘에 공사장에 당도했다. 산이 첩첩한 그 공사장이 영동과 추풍령 사이라는 것을 안 것은 저녁밥을 먹고 나서였다.

"저 험헌 산에다 철길을 깔아 어디에 써먹으려고 왜놈들은 이 지랄 발광이여? 말끝마다 조선 사람을 위허는 일이라는디, 우리가 좋아지는 것이 뭣이 있을랑가?"

한 남자가 푸념하듯 말했다.

"괭이가 쥐 생각해 주는 거 봤능교? 그리 생각하믄 딱 맞을 낍니더."

경상도 남자의 정수리를 찌르는 그 말이 마음에 들어 지삼출은 말을 걸었다.

"공사가 끝나려면 얼마나 남었는지 아시오?"

"철길이 지나는 구역은 그곳 사람들이 부역을 하는 긴데, 여기는 첩첩산중이라 사람이 얼마 안 살아서 충청도, 경상도, 전라도 안 가리고 사람들을 끌어다가 일 시켜 먹는 기라요. 어쨌든 올해는 안 넘긴다 카는데, 누가 알겠는교?"

사정을 꽤 잘 아는 경상도 남자의 말이었다.

지삼출은 푹 한숨을 내쉬었다.

지삼출은 3년 전부터 경부선 철도 공사 이야기를 풍문으로 들었다. 논밭이 철길에 먹혀 버려 논밭을 잃은 사람도 많고, 하루아침에 알거지가 된 사람도 있다고 했다. 또 철길이 지나는 동네 사람들은 부역에 나서야 하는데, 부역을 나가지 않으면 붙들려 가 매질을 당한다고도 했다.

지삼출은 그런 풍문에 마음이 상하면서도 철도 공사가 몇 백 리 밖에서 벌어지고 있어 그나마 다행으로 여겼다. 그런데 느닷없이 철도 공사장으로 끌려오고 보니 심란했다.

나라 이름이 조선에서 대한제국으로 바뀐 다음 해인 1898년,

고종 황제는 결국 경부 철도 부설권을 일본에게 허가하고 말았다. 그보다 4년 전에 벌써 일본은 서울과 인천 그리고 서울과 부산 사이에 군용전선 가설 공사를 했다. 그때 동학 농민군 진압을 일본에 부탁한 임금과 대신들은 그 위법 행위에 대해 말 한마디 못했다. 그 '군용전선'은 농민군을 다 없앤 다음에도 철거되지 않고 우체국 시설로 둔갑했다. 우체국을 통해 전국의 정보가 샅샅이 한성으로 집결되었다. 우체국이 편리한 신식 제도인 줄만 알았지, 그런 음흉한 조직인 줄은 까맣게 모른 채 황제와 정부는 또 경부 철도 부설권까지 일본의 손에 넘겨주었던 것이다.

1900년 7월에 한강철교를 준공하고 11월에 경인 철도를 개통시킨 일본 사람들은 다음 해 8월부터 경부선 철도 공사를 본격적으로 시작했다. 그 4년 동안 부역이 강행되면서 철도 공사는 이제 연말 완공의 막바지에 이르러 있었다.

사람들은 일본 사람들이 왜 그렇게 극성을 떨며 철도를 놓는지 몹시 궁금해했다. 제 놈들 이익 때문이라는 것까지는 짐작하겠는데, 그 속셈을 정확히 아는 사람은 없었다. 확실한 건 철도가 놓이면 더욱 빠르게 일본 사람들이 판치는 세상이 될 거라는 점이었다.

감골댁은 지삼출의 당부대로 이틀이 지나 주재소로 통변을 찾아갔다. 돈을 받으면 삼출이네와 1원씩 나누어 쓸 작정이었다.

"그 돈 2원 받기는 틀렸소."

통변이 짜증스럽게 내쏜 말이었다.

"아니 무슨 소리다요?"

"지삼출이 박치기에 장칠문이 콧등에 금이 갔소. 그 돈은 치료비로 다 들었다 그 말이오."

"2원이면 큰돈인디 그 돈이 다……."

"어허! 더 헐 말 있으면 장칠문이를 찾아가든지 말든지 알아서 허시오."

'그려, 첨부터 우리 돈이 아니었던 것이여.'

감골댁은 돌아섰다.

일이 생각보다 쉽게 끝나 통변은 빙긋이 웃고 있었다.

지삼출은 레일 운반조였다. 공사장에는 여러 조가 편성되어 있었다. 흙 파기조, 흙 나르기조, 둔덕 쌓기조, 둔덕 다지기조, 자갈 만들기조, 자갈 나르기조, 침목 운반조, 바위 등짐조 같은 것은 다 조선 사람들로 짜여 있었다. 그리고 암반 폭파조, 침목 배치조, 레일 설치조는 거의 일본 사람들이었다. 앞의 것은 기운을 써야 하는 일이고, 뒤의 것은 주로 입과 손짓으로 하는 소위 기술자들이었다.

기운을 써야 하는 일 가운데 가장 힘겨운 것이 레일 운반이었다. 여덟 명이 둘씩 짝을 지어 레일을 목도질하는 것이었다. 신참

들은 한 조에 한두 명씩 배치되었다.

"빌어먹을, 나도 목도질을 더러 혀 봤다만 요놈의 것은 못 해 먹겄네."

첫 번째 레일을 옮기고 난 지삼출이 땀을 훔치며 투덜거렸다.

"그래도 그만허문 잘허느만유."

충청도 남자 오장수가 말을 거들었다.

"저 어깨 좀 보소. 내사 마 첨에 딱 봤을 적에 기운 잘 쓸 끼라고 안심했는 기라요."

경상도 남자 강기호가 맞장구쳤다.

지삼출은 레일을 네댓 차례 옮긴 다음부터야 겨우 목도 소리에 끼어들 수 있었다. 목도 소리는 앞뒤 네 사람씩 나누어 힘의 균형을 잡고 발을 맞추기 위해 반복하는 가락이었다.

"어얼럴러—." 하고 앞의 네 사람이 선창하면, "어야데야—." 하고 뒤의 네 사람이 화답했다.

그러면서 여덟 사람은 서로 팽팽히 힘을 쓰며 소리에 맞춰 발을 떼어 놓는 것이다.

지삼출은 처음 몇 차례는 그 소리를 따라 할 정신이 없었다. 몸은 한쪽으로 쏠리지, 어깨에는 힘이 안 받치지, 다리는 버텨야지, 그러면서 발을 맞춰 걸어야지, 소리를 따라 하기는커녕 숨도 제대로 쉴 수 없었다.

레일 운반에는 하루 책임량이 정해져 있어 따로 쉴 시간이 없었다. 레일을 옮겨 놓고 돌아가는 동안이 휴식 시간이었다. 그때도 조금만 느리다 싶으면 십장들이 채찍을 휘둘러 느릿거릴 수 없었다.

"저것을 왜놈들이 만든 것 아니오?"

점심을 먹고 나서 지삼출이 턱짓으로 레일을 가리켰다.

"그럴 낍니더."

강기호가 씁쓸한 얼굴로 고개를 끄덕였다.

"자식들, 별 기술을 다 부리네."

"어디 왜놈들 기술이 저것뿐잉교. 총도 기선도 다 만든다 카든데요."

"참, 우리는 뭘 허는 것인지."

지삼출은 푹 한숨을 쉬었다.

"대장장이가 낫이나 만들고 괭이나 만들어서 땅이나 파먹지 별수 있는교?"

강기호가 지삼출의 옆얼굴을 유심히 살피며 한 말이었다.

"그러니 왜놈들 밥 되는 것이야 당연지사제."

지삼출은 곰방대를 작은 돌에다가 짜증스레 두들겼다.

"맞소, 윗것들이 왜놈들허고 똥창 맞대고 돌아가니 나라 꼴이 될 택이 있능교?"

그 느닷없는 말에 지삼출은 고개를 후딱 돌렸다. 무언가 짚이는 것이 있었다.

지삼출과 강기호의 눈길이 마주쳤다.

"그러요?"

지삼출이 빠르게 하늘을 눈짓했다. 강기호가 느릿하게 고개를 끄덕여 보였다. 하늘을 눈짓한 것은 '인내천(人乃天, 사람이 곧 하늘이라는 동학의 기본 사상)'을 믿느냐는 것이었고, 그건 곧 갑오년 출병을 뜻하는 것이었다.

두 사람은 손을 으스러져라 맞잡았다. 그들은 뜨거운 그 무엇이 팔을 타고 올라 가슴에 휘도는 것을 느끼고 있었다.

갑오년에서 10년이 지난 지금까지도 살아남은 사람들은 숨을 죽여야 했다.

"조심허고 지냅시다."

지삼출이 나직이 얘기했고, 강기호가 눈으로 응답했다.

오후의 일 시작을 독촉하는 종소리가 요란하게 울렸다.

지삼출은 레일을 부려 놓고 돌아가면서 자갈 만들기조 쪽으로 눈길을 돌렸다. 그쪽에는 거의 여자들과 아이들이었다. 그들은 남자들이 등짐으로 날라 온 큼직한 돌을 쇠망치로 잘게 깨고 있었다. 침목과 침목 사이에 채울 돌이었다.

그러나 돌 깨는 일이 여자나 아이 들에게 쉬운 일일 리 없었다.

십장의 악쓰는 소리가 다른 데보다 그쪽에서 유난히 자주 들렸다.

"십장 놈은 어째 저리 소리를 질러 쌓소?"

지삼출은 엄지손가락으로 양쪽 콧구멍을 번갈아 막아 가며 코를 풀었다.

"아마 저 사람들 중에 얼추 반은 점심을 굶었을 끼요. 그래 기운이 빠져 일손이 처지니께 십장 놈이 저리 악다구니를 쓰는 것 아닝교?"

강기호가 옆을 지나치며 말했다.

"밥을 굶다니, 무슨 소리요?"

"우리야 명색이 장정 일꾼으로 뽑혔다고 선하품 나는 일당이라도 받지만 저 사람들이야 가까운 데서 부역 나온 신세라 아무것도 몬 받는 기라요."

"아니, 그런 불공평헌 일이 어딨소? 왜놈들 이거 참말로 안 되겄소."

"이 공사도 돈으로 인부를 사서 해야 되는 기라요. 헌데 왜놈들 허고 우리 관가허고 짜 갖고 그 돈을 갈라 먹는 판이라요. 관가에서는 부역 안 나가는 사람 잡아다가 곤장을 치고."

"저런 죽일 놈들 봤는가!"

"보소, 참으소. 저게 어디 하루 이틀 된 일인교? 벌써 사 년인데."

지삼출은 온몸에 맥이 풀렸다.

공사장 일은 해가 뜨기 전부터 시작되어 긴 여름 해가 지고 어둠살이 내려서야 끝이 났다.

이튿날, 지삼출은 누군가가 깨워서야 눈을 떴다. 잠이 덜 깬 눈 앞에서 강기호가 비식 웃고 있었다. 지삼출은 몸이 묵지그리한 것을 느끼며 윗몸을 벌떡 일으켰다.

"아이구구……."

그는 몸을 일으키다 말고 옆으로 쓰러졌다.

"온몸이 안 아픈 데가 없을 기요. 한 사날 일로 풀어야 될 일몸살이라요."

강기호가 지삼출 앞에 쪼그리고 앉으며 말했다.

지삼출은 얼굴을 찡그리며 고개를 끄덕였다. 그리고 두 손을 짚고 천천히 몸을 일으켰다.

"지 씨 몸살 풀리게 그 목도 소리 한바탕 허는 기 우짜겄는교?"

강기호의 말이었다.

"하먼, 쌈빡허니 혀서 몸 풀어 줘야제 잉."

조장 한상우가 손바닥에 퉤퉤 침을 튀겼다. 모두는 조장을 따라 제자리를 잡았다.

"자아— 한나, 둘, 싯."

조장의 구령에 맞춰 모두 불끈 기운을 썼다. 지삼출은 그만 입을 딱 벌렸다. 온갖 아픔이 한꺼번에 솟았던 것이다. 그렇다고 주저앉을 수도 없었다.

"어얼럴러, 어야데야."

목도 소리가 모두의 발을 이끌었다.

"어허덜러, 얼라데야."

"가세 가세, 고향 가세."

갑자기 바뀌는 목도 소리에 지삼출은 어리둥절해졌다.

부모 형제 상봉 가세
철도 공사 지옥 살이
누굴 위해 골 빠지나
묻지 마라 뻔헌 대답
왜놈 발에 발통 달기
어얼덜러 어야데야

지삼출은 정신이 번쩍 났다. 그 뜻밖의 목도 소리는 한 번으로 끝났다. 아귀가 딱 맞게 짜인 그 가사에 놀랐고 특히 '왜놈 발에 발통 달기'에 감탄하지 않을 수 없었다. 철도 공사에 대한 구구한 말들을 다 덮어 버리는 알짜배기 한마디였다.

"아까 그 소리, 누가 만든 것이다요?"

레일을 부리기가 바쁘게 지삼출은 강기호에게 다가가 물었다.

"한 사람이 만든 게 아니고 우리가 서로 맘 합쳐 갖고 만든 기라요. 맘에 드는교?"

"참말 기막히요. 우리 맘을 쏙 뽑아 엮어 놓은 것이, 춘향전서 춘향이가 태형 맞는 대목보다 낫소."

"와따메, 누가 전라도 사람 아니라고 춘향전 들고 나오고 그래 싼당가?"

같은 전라도면서도 지역이 서로 달라 말투가 사뭇 다른 조장 한상우가 끼어들었다.

"허! 구구절절 다 좋은디, 그중에서도 왜놈 발에 발통 달기가 사람 가슴을 치요."

"그 대목이 바로 강 씨가 지은 것이로구만. 소리 모르는 사람치고 솔찬허지 않어?"

한상우가 지삼출에게 눈을 찡긋했다.

지삼출은 새삼스레 강기호를 바라보며 고개를 주억거렸다.

"별거 아니라요. 그저 생각대로 짜 맞춘 기지."

강기호는 쑥스럽게 웃으며 걸음을 떼어 놓기 시작했다.

지삼출은 한동안 걷다가 강기호에게 슬쩍 말을 걸었다.

"왜놈들이 발통을 달았다면 조선 천지를 다닐 참인디, 그러면 세상이 어찌 되겄소?"

"왜놈들이 철도 놓는 거는 조선 땅을 완전히 즈그 거 만들자는 수작 아닌교? 두고 보소, 이놈의 철도가 조선 땅 근기 다 빨고 조선 사람 피 다 빠는 홈통 될 끼니."

강기호의 침통한 말이었다.

생각지도 못한 말에 지삼출은 또 충격을 받았다.

"아니, 강 씨는 그런 것을 어찌 그리 훤히 아시오?"

"내 혼자 어찌 그 어려운 일을 알겠능교? 다 들은 풍월로 하는 소리라요."

강기호는 억세게 뻗친 산줄기로 먼 눈길을 보냈다.

"그리 앞길을 훤히 내다보는 사람이 누구다요? 여기 있소?"

지삼출은 그런 사람을 당장 만나 보고 싶은 마음이 동하고 있었다.

"어데, 내가 잘 아는 분인데, 학식이 높고 세상 이치를 뚫어 보시는 분이라요."

"학식이 높으면 양반인갑는디, 양반 중에 그래도 쓸 만헌 양반인 모양인가?"

지삼출은 양반에 대한 깊은 반감으로 말투가 꼬이고 있었다.

"하모, 양반 중에 된 양반이라요. 대쪽 성질에 나라 걱정도 진심으로 하고, 종들헌테 땅 갈라 줘서 살게 안 했능교?"

"허! 그런 양반만 있으면 세상이 요 꼬라지 안 되었을 것인디. 한번 만나 보고 싶으요."

"양반 중에도 백에 하나는 그런 분이 있지예."

강기호가 지삼출을 이윽히 바라보았다.

그들은 다시 조장의 구령에 맞춰 기운을 불끈 썼다. 목도 소리에 맞춰 그들은 출렁이듯 앞으로 나아갔다. 자갈 만들기조의 작업장에 가까워지자 돌을 두들기는 망치 소리와 자갈을 퍼 담는 소리가 소란스러웠다.

"이봐, 자꾸 꾸물거릴 거야? 맛을 봐야 알겠어!"

이런 외침과 함께 채찍 소리가 들리는가 싶더니 비명이 울렸다.

지삼출이 고개를 돌리자 한 남자가 채찍에 맞아 고꾸라졌고, 그 남자가 등에 진 망태기에서 자갈이 쏟아졌다.

"이 영감탱이, 빨리 일어나 빨리!"

채찍은 다시 쓰러진 남자의 어깻죽지를 물고 들었다. 그 남자는 신음을 내며 비척비척 몸을 일으켰다. 얼굴이 깡마른 노인이었다.

저, 조선 놈이 노인네를! 감정이 뒤집힌 지삼출은 목도 소리도 따라 하지 않았고 발걸음도 흐트러졌다.

"뒤에 누구여! 헛발질허는 것이?"

조장의 고함이었다. 지삼출은 정신이 번쩍 들어 발걸음을 바로잡았다. 다행히 십장은 채찍질을 더 하지 않았고, 노인은 허리를 굽실거리고 있었다.

한번 마음이 흔들린 지삼출은 다른 일곱 사람에게 끌리다시피 겨우 목적지에 다다랐다.

“지 씨, 공연히 헛눈 팔지 말어!”

조장 한상우가 언짢은 기색을 드러냈다.

“같은 조선 사람을 조선 놈이 매질허는 것도 그런디, 젊은 놈이 노인네를 그리 무작스럽게 패는 법이 어디 있당게라?”

지삼출은 조장의 태도가 마땅찮아 하고 싶은 말을 굳이 누르지 않았다.

"허먼, 앞으로 자꾸 헛눈 팔아 딴 사람들 힘들게 하겄다 그것이여, 시방?"

조장이 눈꼬리를 치세웠다.

"딴 사람들 힘들게 헌 것은 미안스럽게 되었소. 다들 양해혀 주시게라우."

지삼출은 조원들을 둘러보며 겸손을 보였다. 강기호는 눈이 마주치자 고개를 끄덕이며 싱긋 웃었다. 사람들은 눈으로 괜찮다는 말을 대신하고 있었다.

"지 씨 맘을 몰라서 허는 소리가 아닝께로 그리 알아 두시오. 그런 꼴 첨 보니께 속 뒤집힌 것인디, 다 참어야제 어쩔 것이여?"

얼굴을 일그러뜨린 조장이 허리춤에서 곰방대를 빼며 걸음을 옮기기 시작했다.

"가입시더. 담배나 한 대 피고 다 잊어 뿌리소."

강기호가 쌈지를 내밀었다.

"그 나이에 부역 끌려 나와 돌짐 지는 것도 억울헌디 매타작까지 당허니, 요것이 어디 사람 사는 세상인게라?"

지삼출이 쓴 입맛을 다셨다.

"조장 말대로 우짜겄능교? 무슨 수가 없는 기라요."

"조장도…… 믿소?"

지삼출은 눈짓으로 하늘을 가리켰다.

"조심하이소. 잘못 말 내면 우리 이 골짝서 귀신 될 끼요. 여기가 못 믿을 데라요."

강기호의 목소리가 낮아졌다.

"매타작 당허는 것이야 죽는 것에 비하면 그래도 할애비라요. 어디 개죽음이 따로 있는교? 여기서 죽는 기 개죽음이지."

강기호는 고개를 내둘렀다.

"아니, 사람이 죽기도 허요?"

"말도 마이소. 내 여기 와서 석 달 동안 네 사람이 죽어 나갔구마는."

"무슨 일로 넷씩이나 죽소?"

"맨날 남포 터치는 소리 안 듣는교? 날아오는 돌에 맞아 죽고, 구르는 돌에 치어 죽고, 무너지는 돌에 깔려 죽고, 흙더미 허물어져 묻혀 죽고, 침목 더미 무너져 치어 죽고, 어디 죽는 기 한두 가진교?"

강기호는 머리를 저었다.

"죽은 사람은 무슨 뒷방책이라도 세워 주요?"

"무슨 소리요? 그런 기 없으니께 개죽음이라 카는 기제."

강기호가 허전하게 웃었다.

"죽일 놈들……."

지삼출은 상투머리를 득득 긁어 댔다.

멀리서 종소리가 땔랑땔랑 다급하게 울렸다. 잠시 후에 폭음이 진동했다. 그 폭음은 산골짜기를 뒤흔들며 겹겹의 메아리로 퍼져 나갔다. 폭음은 연달아 터졌다. 한사코 곧게만 뻗으려는 철도를 위해 어느 산이 또 상처를 입고 있었다.

3

거미줄

장덕풍의 잡화상에는 아침 햇살과 함께 더위가 밀려들고 있었다. 가게에는 일본에서 건너온 여러 가지 물건들이 빼곡하게 진열되어 있었다.

"아부지, 아무리 생각혀도 앞길이 별 가망 없구만요. 날이 갈수록 이민 갈 사람 구허기가 어려워 회사 문을 닫을 판인디, 아부지가 어디 좋은 자리 좀 구해 줘야겄소."

스무 살 나이에 어울리지 않게 사탕을 한쪽 볼에 문 장칠문이 걱정스레 말했다. 일본 사람들이 만든 그 사탕 맛에 홀린 그는 가게에 발을 들이기만 하면 사탕부터 집어 입에 넣었다.

"그려도 자리 옮길 맘은 먹지 마라. 돈벌이보다 그 일이 더 중헌게."

장덕풍은 부채질을 멈추며 아들을 빤히 보았다.

"아는데요, 그 일도 인제 더 헐 것이 없을 성싶은디요. 눈에 불을 켜고 찾아도 그것들이 새로 패를 짜는 티가 안 나드랑게요. 동학당은 인제 씨가 마른 것이 틀림없구만이라."

"이놈아, 누가 듣겄다. 동학당이란 소리는 입에 올리지 말란게로."

"아이고, 아부지 앞이라 헌 말이지라우."

"이놈아, 그것들은 아직 씨가 마른 것이 아니여. 사오 년 전에 다시 들고일어나기 전에도 그것들은 죽은 듯이 숨죽이고 있다가 눈 깜짝헐 새에 한 덩어리가 돼서 일어났단 말이여. 그것들이 평소에 서로 선을 대고 있지 않았으면 어찌 그리 일시에 일어날 수 있었겄냐? 그런디 그때 그놈들이 다 잡혀 죽었드라냐? 아니여. 살아난 것들이 더 많어. 그것들은 시방 숨죽이고 살면서 또 때가 오면 일어날라고 서로 선을 대고 있다 그 말이여. 바로 그것을 찾아내야 허는겨."

그는 입가에 침 찌꺼기가 끼도록 열심히 말했다.

"그것들도 기죽고 정떨어져 인제 그런 생각 안 먹는 것 아니겄소?"

장칠문은 싫증 난 얼굴로 불쑥 말했다.

"이놈아, 그것들은 그냥 사람이 아니라닌게. 즈그가 바로 하늘이라면서 즈그들이 믿는 세상을 만들 때까지 싸우겄다고 맘먹은 땅벌 겉은 물건들이여."

"독허면 뭐헌다요? 즈그들 세상 되기 전에 일본 사람 세상이 되고 있는디. 싸우면 또 죽기나 허제."

"요런 멍청헌 놈아, 그것들은 일본 사람을 원수로 대허는디, 일본 세상이 되어 가니 또 들고일어날 채비를 허고 있다 그것이여. 일본 사람들이 그것을 미리 방비헐라고 우리 겉은 사람 골라서 일부러 일 맡긴 것 아니냔 말이여?"

"그리 생각허면 그러기도 헌디요……."

"그것 하나만 알아내면 니가 좋아허는 자리는 어디라도 갈 수가 있는겨."

장덕풍의 목소리가 들떴다. 그렇게 되면 아들은 물론이고 자신도 한몫 잡게 되어 있었다.

"죽어라고 애를 써도 못 찾아내면 어쩌고라?"

"뭣이여?"

장덕풍은 그만 맥이 풀려 어깨를 늘어뜨려 버렸다.

"지금까지 헌 고생이 얼만디 앞으로도 못 찾아내면 헛세월만 보내는 것 아니랑가요?"

장칠문이는 따지듯이 말했다. 장덕풍은 아들의 말에도 일리가 있어서 마구잡이로 밀어 댈 수는 없었다. 그러나 아들은 지금까지 헛고생만 한 게 아니었다. 아들이 그렇게 움직인 덕에 가게는 번창해 왔다.

"그려, 가망 없는 일을 미리 그만두는 것도 틀린 생각은 아니여. 허나 공을 세우지 못허면 니가 주재소로 자리 옮기는 것은 택도 없는 일이고, 정 그 일이 싫으면 니가 갈 좋은 자리가 하나 있기는 있다."

"어떤 자린디요?"

"마침 사탕 공장서 사람을 하나 구해 달라는 것이여."

장덕풍은 곰방대에 담배를 담으며 능청스럽게 말하고 있었다.

"내가 추접스럽게 사탕 공장 일꾼이나 헐라고 고생혀 가면서 일본말 배운 줄 아시오."

아버지 앞에서 소리를 지르는 장칠문의 얼굴에 불량기가 그대로 드러났다.

'오냐, 그런 성깔머리 없고서야 사내자식이 아니제.'

장덕풍은 자신의 예상이 적중해 속으로 쾌재를 불렀다.

"이놈아, 사탕 공장서 일허면 사탕 배 터지게 먹어서 좋고, 사탕 만드는 기술 배워 공장 차리면 돈 벌어 이중으로 좋은디?"

장덕풍은 계속 능청을 떨어 댔다.

"아부지나 돈 많이 버시오. 나는 권세부터 잡고 볼 것잉게라."

장칠문이 숨을 씩씩거렸다.

"말이야 좋은디 무슨 재주로?"

장덕풍은 계속 아들의 성질을 긁었다.

"아, 그 잡새끼들을 찾아내면 될 것 아니겄소!"

마침내 장칠문의 입에서 터져 나온 소리였다.

장덕풍은 마음이 흡족해서 자꾸 웃음이 나오려 했다.

"눈깔사탕이나 하나 더 먹어라."

"안 먹을라요."

장칠문은 화난 얼굴로 가게를 뛰쳐나갔다.

장덕풍은 멀어지는 아들의 뒷모습을 바라보며 사탕 공장에는 작은아들을 보내기로 마음을 정했다. 그는 사탕 공장이 번창하는 것을 보고 배가 살살 아파 오는 참이었다. 작은아들을 사탕 공장에 들여보내 빨리 기술자를 만들어 사탕 공장을 차릴 욕심이 부쩍 동하고 있었다.

"성님, 그간 편안허신게라."

잠시 뒤, 건장한 두 남자가 가게로 들어섰다. 그들은 크지 않은 등짐을 진 보부상이었다.

"어이, 기다리고 있었네. 자네들, 좋은 소식 있는가?"

장덕풍은 두 사람을 빠르게 훑었다.

"닌장맞을, 팔자 펼 운대가 안 맞는지, 그놈들 움직이는 것이 안 뵌당게요."

빈대코가 쓴 입맛을 다셨다.

"성님 말대로 팔자 한번 고쳐 볼라고 호랭이 눈에 불 켜듯이 허고 다니는데도 그놈들 꼬랑댕이를 못 잡었구만요. 곧 그것들을 잡아챌 날이 있겄지라."

텁석부리는 빈대코와는 다르게 자못 자신감을 내보였다.

"고것 참, 요번에도 헛걸음이시……."

장덕풍은 실망감으로 그들에게서 고개를 돌렸다.

"그것들이 힘이 다 빠져 인제 일어날 생각을 안 허는 것 아니겄능게라?"

빈대코가 조심스럽게 말했다.

"그놈들이 누군디 그런 얼빠진 소리를 허고 앉았어, 시방. 그런 소리 헐라면 내 앞에 오지를 말어!"

장덕풍은 부채 든 손으로 삿대질을 했다.

"아이고 성님, 봉구가 일이 안 풀리니 속이 답답혀서 헌 소리니까 잊어버리시오."

텁석부리가 눈치 빠르게 변명하면서 빈대코를 눈짓으로 나무랐다. 장덕풍의 성질을 거슬렀다가는 당장 필요한 물건을 못 받아 갈 판이었다. 동학당 패거리를 찾아내 팔자 고치는 것은 다음 일이고 우선 장사 잘되는 일본 물건을 받아 가는 일이 급했다.

"말허는 투가 그 일 작파허겄다는 것인디. 작파허겄으면 혀. 그것으로 나허고는 손 끊는 것잉게."

장덕풍은 화난 얼굴을 풀지 않은 채 냉정하게 잘랐다.

"아니구만이라. 태수 말대로 속이 답답혀서 헌 소리지, 그놈들 찾을 맘은 돌덩이구만요."

빈대코 김봉구는 허리까지 굽실거리며 눙치고 들었다.

"알었응게 말 멋대로 내뱉지 말어."

장덕풍은 엄한 표정으로 말했다.

"야아, 조심허겄구만이라우."

김봉구는 안도의 숨을 가늘게 흘렸다.

"자네들 내가 일러 준 대로 화전 허는 사람들 속에 끈 달아 놓은겨?"

장덕풍은 두 사람의 허를 찌르듯 갑자기 말머리를 돌렸다.

"길목을 여럿 골라서 공을 들이고 있구만요. 그 공들이는 비용도 솔찬허당게라."

텁석부리 방태수의 대답이었다.

"푼돈 쓰는 것 아까워 말어. 팔자 고치는 일 허자는디 맨입으로 되는 것이 아닌게로. 그적에 나가 그 일을 성사시키니라고 없앤 돈이 쌀 열 섬 값이었단 말이여."

장덕풍은 그들이 비용 많이 든다는 핑계로 물건값을 깎으려 들까 봐 미리 담을 쳤다.

"그런디 화전 허는 사람이라고 다 믿다가는 큰일 나네. 살아남은 놈들 중에 몸 피해서 화전 붙여 먹는 놈들이 솔찬히 있응게로. 사람 잘못 골랐다간……." 장덕풍은 여기서 문득 말을 끊었다가는, "돈만 헛쓰는 것이여." 하고 어물어물 말을 끝냈다.

그가 삼켜 버린 말은 따로 있었다. '……목숨 날아가는 것이여.' 그때 일본군 길잡이나 정탐원 노릇을 한 보부상들은 화전민으로 가장한 동학당의 손에 적잖이 죽었다. 두 사람이 그 일에 싫증을 느끼는 눈치인데 굳이 위험하다는 말로 더 마음을 흔들 이유가 없었다.

"우리도 눈치껏 믿을 만헌 사람들로 골라내느라고 애는 썼구만이라."

방태수가 곰방대를 꺼내며 말했다.

"잘혔어. 그런 일은 혼자서 못 허는 법이여. 내가 공을 세운 것도 화전 허는 사람들허고 끈이 잘 엮인 덕이었응게. 허고, 그런 일은 맘 다급허니 먹지 말고 꾹 참고 기다리면 덫에 멧돼지 걸리듯이 착 일이 되는 날이 오는 법이제."

장덕풍은 그 이야기는 여기서 일단 끝내고자 했다.

"맘이 급헌 것보다 빈손으로 성님 대허기가 옹색스러워서 그러는구만이라."

김봉구가 주저앉은 콧등을 찡그리며 웃었다.

"그려, 그 일이 안 풀려서는 장사해 먹기도 어려워질 것이로구만. 그 사람들이 원허는 일은 못 해 주면서 좋은 물건만 골라서 빼 달라고 부탁허니, 좋아허겄어?"

장덕풍의 말은 거짓이 아니었다. 잘 팔리는 물건을 많이 받아 내는 것은 어디까지나 그 일을 정탐해 내겠다는 조건 아래서 이루어지고 있었다.

"그려서 이번에 우리가 성님 체면 좀 세워 드릴라고 장만헌 것이 있구만요."

방태수는 장덕풍이 쳐 놓은 망을 걷어 내듯이 자신 있는 어조였다.

"고것이 뭣인디?"

장덕풍은 금방 관심을 드러냈다.

"금이오."

방태수의 표정 없는 대꾸였다.

"금이라고? 얼마나 되는디?"

장덕풍은 금이라는 말에 감정이 들떴다.

"그야 달아 봐야 안 되겄소? 저울눈 한 금이 다 중헌디."

방태수는 느긋하게 쐐기를 박았다.

"그려, 어여 내놓기나 혀 보소."

장덕풍은 흔들린 감정을 다 드러내 놓고 있었다. 그럴 수밖에 없는 것이 조선 땅에서 나는 물건 중에서 일본 사람들이 제일 좋아하는 것이 금이었다.

방태수는 바지 끈을 풀고 속에 매단 조그만 주머니에서 금가락지 두 개를 꺼냈다.

"얼른 달아 보고 값이나 톡톡히 쳐 주씨오."

김봉구가 허리를 펴며 말했다.

"값도 값이고, 요번에는 우리가 원허는 물건으로만 줘야 쓰겄소."

방태수가 밀어붙였다.

"어이, 자네들 원허는 대로 다 줌세. 기둘리소, 저울 내올랑게."

장덕풍은 더없이 부드럽게 말하며 일어나 가게 뒷문을 통해 안채로 들어갔다.

"자, 날도 더운디 먼 길 오느라고 목이 컬컬허겄제? 어여 목부터 축이드라고."

장덕풍이 벙글거리며 술상을 좁은 마루에다 놓았다.

"성님, 이러지 맙시다. 거래는 거래고 술은 술이요."

방태수가 버티고 서서 말했다.

"하먼이요. 거래 끝내고 술은 우리가 사겄소."

김봉구도 술상을 밀치며 일어났다.

"허허허허…… 자네들 아주 야물딱진 장사꾼으로 틀이 잡혔네그랴. 어허허허……. 자네덜이 안 마시겄다면 나나 한잔 마시고 보세."

장덕풍은 호리병에서 술을 따라 꿀꺽꿀꺽 마셨다.

"어 크으으, 거참 시원허다!"

장덕풍은 소반에 사발을 소리 나게 놓으며 유난히 큰 소리를 냈다.

"자아, 요리 앉소. 거래 시작허세."

손등으로 입술 가에 묻은 술을 씩 문지른 장덕풍은 술상을 거칠게 옆으로 밀쳐 버렸다. 벙글거리던 웃음은 싹 가시고 살얼음 끼듯 냉정한 얼굴이 되었다.

집에서 가져온다던 저울을 그는 정작 옆에 놓인 돈궤에서 꺼냈다. 저울이 나오자 세 사람의 눈빛이 달라졌다.

저울추가 저울대에 달리고 금가락지 두 개가 저울판에 올려졌다. 저울추가 좌우로 움직임에 따라 저울대가 민감하게 위아래로 오르내렸다. 저울대가 수평을 이룰 듯 말 듯했다. 그때, 투박한 손가락 두 개가 저울추 끈을 붙들었다.

"석 돈쭝 반이시."

저울질을 맡은 장덕풍의 말이었다.

"아니여, 그 손가락 치우고 저울만 반듯허게 들어, 반듯허게."

저울을 노려본 채 김봉구가 다급하게 반말로 소리치고 있었다.

"어허, 그런 저울질이 어딨소. 손가락 떼고 점잖허니 헙시다, 우리."

방태수의 수염 더부룩한 얼굴도 험하게 구겨지고 있었다.

"왜들 이려, 저울대가 팽팽헌 것 다 봤잖은가!"

장덕풍이 버럭 소리를 질렀다.

"보기는 뭘 봐? 볼라고 허는디 잡아 부렀제. 저울대가 위로 솟았어, 위로."

김봉구가 몸을 들썩거리며 팔을 뻗쳐 하늘을 찌르고 있었다.

"넉 돈쭝이라고 받은 물건을 석 돈쭝 반으로 저울질허는 법도 있소? 저울질을 내가 한번 혀 봅시다."

방태수가 불쑥 손을 내밀었다.

"뭣이 어쩌! 포목 장수보고 잣대 내놓으라는 법 있고 쌀장수보고 됫박 내놓으라는 법도 있다더냐! 저울 내놓으라는 것 보니 나허고 끝장 보겄다는 것인디, 되았어, 가, 가 부러! 오늘로 끝장이여!"

장덕풍이 고래고래 소리 지르며 저울을 엎는 바람에 금가락지 두 개가 굴러떨어졌다. 김봉구가 허겁지겁 금가락지를 잡았다.

"아이고 성님, 더도 말고 두 눈금만 더 쳐 주시오."

김봉구는 손가락 두 개를 세워 보이며 웃음 지었다.

"일없어. 나헌티 자네들만 있는 것이 아닝게로."

장덕풍은 카악 가래를 돋워 올리며 등을 돌렸다.

김봉구는 꺼진 콧잔등을 찡그리며 방태수에게 눈짓을 했다. 방태수는 고개를 뒤로 젖히며 한숨을 토해 냈다.

"좋소, 거래 마감헙시다."

고개를 바로 세우며 방태수가 한 말이었다.

장덕풍은 마지못한 척 몸을 돌려세웠고 세 사람은 다시 자리를 잡고 앉았다.

"눈금 하나 갖고 기 세우지 말고, 팔자 고칠라면 그놈들 패거리나 어서 찾아내."

장덕풍은 저울을 저울 집에 챙겨 넣으며 중얼거리듯 말했다.

몸집이 호리호리한 사내가 새로 쌓아 올리고 있는 돌둑 위에서 포구를 두루 살피고 있었다. 그러다가 그의 눈길은 금강 하구에 고정되었다. 배 서너 척이 아스라하게 보였다.

그래, 부지런히들 드나들어라. 우리 제품을 많이 실어다가 팔고, 대신 조선의 금이고 은이고 쌀을 많이 실어 가라. 이 땅은 여러모로 쓸 만하다. 금도 많이 나고, 쌀도 좋고, 경치도 좋다. 골치 아픈 것은 사람뿐이다. 그러나 그것도 별문제는 아니다.

사내는 묘한 웃음을 지으며 몸을 돌려세웠다. 사내의 얼굴은 군살 없이 매끈했다. 미남은 아니지만 양순하고 차분하게 생겨 인상이 좋아 보였다.

큰길까지 나온 사내는 왼쪽으로 방향을 잡아 걷기 시작했다.

"아저씨, 하야가와 아저씨이."

세 아이가 길을 건너 뛰어오며 외쳤다.

"옳아, 너희들 어디 있었냐?"

팔을 들어 아이들을 반기는 그 사내의 입에서 유창한 조선말이 흘러나왔다.

"아저씨, 벌써 우체국에 가시능게라우?"

세 아이 중에 눈 큰 아이가 물었다.

"오늘은 너희들이 늦게 와서 놀 시간이 없구나. 자, 사탕이나 받아라."

그 사내는 주머니에서 종이에 싼 것을 꺼냈다.

"아저씨, 저쪽에서 쌈 구경 허니라고 늦었구만요."

눈 큰 아이가 미안한 기색을 보였다.

"싸움? 누구하고 싸우는데. 일본 사람하고 조선 사람하고 싸워?"

사내는 금방 긴장된 얼굴로 물었다.

"아니오, 조선 사람끼리 싸워요."

"응, 그러면 됐다. 아저씨는 바빠서 가야겠다. 내일 또 만나자."

사탕을 하나씩 받은 아이들은 사내에게 꾸벅꾸벅 절을 했다.

사내는 걸으면서 조선 사람끼리 싸운다는 것에 다시 안도했다. 개항지에서는 일본 사람과 조선 사람의 충돌이 자주 일어났다. 몇 년 전, 인천에서는 수백 명이 집단 충돌을 일으켜 사상자가 20명이나 생겼고, 부산에서도 집단 충돌이 벌어졌다. 개인적인 주먹다짐은 수없이 많았다. 개인적으로 싸움이 벌어지면 십중팔구 몸집이 크고 기운이 센 조선 것들이 이겼다.

"소장님, 주재소장에게서 전화가 왔었습니다."

사내가 목포우체국 군산출장소의 문을 밀고 들어서자 한 직원이 몸을 일으키며 보고했다.

소장 하야가와는 바로 전화기를 돌렸다.

"아 소장님, 무슨 색다른 정보가 없나 궁금해서 전화 걸었었지요."

주재소장의 탄력 있는 목소리였다.

"예, 제 쪽에는 별일 없습니다."

하야가와의 나직한 그러나 긴장된 대꾸였다.

"소장님이 임무 수행을 충실히 하고 있는 것 잘 알지만 앞으로 더 치밀하게 정보 수집을 해 주십시오. 명확하게 말하기는 곤란하지만…… 곧 상황이 변화할 것 같으니 우리는 더욱 정보망을 강화하고, 활동을 민활하게 해야 합니다."

"아, 예, 그렇습니까?"

하야가와는 무슨 '상황 변화'인지 묻지 않았다. 괜히 그런 것을 물어 주재소장의 위치를 높여 줄 필요가 없고, 주재소장이 알고 있는 '상황 변화'라면 영사관을 통해 몇 시간 뒤면 알게 될 터였다.

"에 또, 그래서 전화를 걸었던 것이니 그리 알아 두십시오."

"예, 잘 알았습니다. 그럼 수고하십시오."

하야가와는 정중하게 말하고 전화를 끊었다.

하야가와는 '상황 변화'가 어떤 것일지 추리해 보았다. 첫 번째로 잡히는 것이 '정치적 변화'였다. 그것은 치안권 장악보다 더 강한 통치 방법의 등장일 것이 분명했다.

그는 주먹을 말아 쥐며 어금니를 맞물었다.

'어서 그런 날이 와야지. 그런 날을 위해 노력한 지 벌써 몇 년째인가? 제대로 돌아가지 않는 혀를 깨물어 가며 조선 놈처럼 조선말을 하려고 얼마나 애썼던가? 조선 것들은 퍽 단순하지. 예의 잘 지키고 겸손하기만 하면 안심하고 믿어 준단 말이야. 물론 내 인상이 좋은 것도 큰 몫을 하지만. 체신 업무를 할 수 있는 사람 중에서 인상 좋은 사람만 골라 정보 교육을 시키고 조선 반도에 파견한 것은 참 기막힌 현명함이었어. 체신과 정보의 이중 업무가 고달프긴 해도 조국의 발전을 위해서는 그까짓 것 아무것도 아니지. 어쨌거나 이 반도 땅을 어서 송두리째 손아귀에 넣어야 한다. 그날은 언제인가!'

그의 얼굴에 싸늘한 냉기가 가득했다.

"소장님, 전화 왔습니다. 영사관입니다."

"어! 그래."

하야가와는 소스라쳐 몸을 일으켰다.

"나 쓰지무라요, 오늘 밤 바쁩니까?"

"아닙니다. 아무 일도 없습니다."

"마침 잘됐소. 의논할 일이 있으니 우리 집에서 만나도록 합시다."

"옛, 알겠습니다."

전화를 끊고 난 하야가와는 주재소장에게 상황 변화에 대해 묻지 않은 것이 얼마나 현명한 일이었던가를 음미했다.

하야가와는 구두를 신은 채 두 다리를 책상 위로 내뻗었다. 그리고 큰 소리로 외쳤다.

"양치성이, 어디 있냐."

"야아, 여기 있는디요."

구석의 작은 책상에 머리를 박고 앉아 있던 소년이 황급히 대답하며 몸을 일으켰다.

"뭘 하고 있나?"

하야가와는 눈을 내리감은 채 묻고 있었다.

"야아, 일본말 공부허고 있었구만요."

소년은 하야가와 쪽으로 뛰듯이 오며 대답했다.

"그래, 공부 열심히 해서 하루빨리 내가 너한테 조선말로 얘기하지 않게 해야지. 그게 은혜 갚는 일이야."

"야아, 그리허겄구만요."

하야가와 옆에 두 손을 모아 잡고 선 소년은 고개를 꾸뻑 했다. 열서너 살쯤 나 보였다. 동그스름한 얼굴에 눈이 또릿또릿한 게 꽤나 총명해 보였다.

"어머니 병세는 좀 어떠시냐?"

"야아, 소장님 덕분에 그만허시구만요."

"그래, 빨리 나으셔야 할 텐데……."

하야가와는 인정미 넘치게 말했다. 소년의 얼굴에는 황송해하는 빛이 역력했다.

하야가와는 단지 어머니의 안부만 묻는 게 아니었다. 그렇게 함으로써 일자리를 마련해 준 자신의 은혜를 소년에게 일깨우고 자신의 인정스러움을 소년에게 확인시키려는 것이었다. 먼 앞날을 내다보고 올가미를 만들어 가는 일종의 최면술이었다. 많은 형제, 병든 홀어머니, 밥을 굶는 가난, 소년의 총명함……. 그는 소년을 골라낸 자신의 안목에 한껏 만족했다.

쓰지무라는 저녁상을 물리고 나서야 이야기를 꺼냈다.

"에, 다음 달에 중대한 정치적 변화가 있을 것이오. 그 때문에 조선 놈들이 조직적으로 반발할지도 모르니 우리는 미리 그 뿌리부터 잘라야 하오. 그러자면 우리의 모든 조직을 최대한 작동시켜야 하오. 이번 일이 잘돼야 또 다음 단계의 일을 추진할 수 있게 되는 거요. 어떻소, 소장이 움직이고 있는 조직은?"

쓰지무라는 심각한 얼굴로 하야가와를 주시했다. 하야가와는 자신이 예상했던 정치 상황의 변화가 얼마나 중대한 것인지 예감할 수 있었다.

"예, 제 조직은 잘 움직이고 있습니다. 지시대로 활동을 더 강화하도록 하겠습니다."

하야가와는 밤길을 혼자 걸으며 흥분을 누르기가 어려웠다. 그날이 마침내 오는 것인가! 그는 장덕풍을 비롯한 자신의 조직원들을 하나하나 점검해 나갔다.

4

이민이냐 노예냐

“다 왔다, 미국에 다 왔다아!”

누군가가 어둠침침한 선실로 뛰어들며 외쳤다. 아무렇게나 눕고 기대고 웅크리고 있던 사람들이 한꺼번에 몸을 일으켰다.

“야, 이제 살았다!”

조금 전까지 늘어져 있던 사람들은 환성을 터뜨리며 앞다투어 문 밖으로 뛰쳐나갔다. 그 속에 방영근도 섞여 있었다. 갑판으로 나가자 저 멀리 육지가 보였다.

“와아, 육지다 육지!”

그들은 덩실덩실 춤을 추었다. 만세를 부르거나 눈을 훔치는 사람도 있었다. 사람들은 100여 개의 섬으로 이루어진 하와이를

그저 육지라고만 생각했다.

뿌우웅— 부우웅—.

사람들이 선실로 가서 보퉁이를 챙겨 들고 다시 갑판으로 나올 즈음 배는 고동을 울리며 느리게 항구로 들어서고 있었다.

그들의 눈에 가장 먼저 들어온 것은 외줄기로 뻗은 키 큰 나무였다. 끝에 부챗살같이 갈라진 잎들이 엉성하게 붙어 있는 그 야자수가 다들 눈에 설었다.

"허 참, 고것 요상허게도 생겼네. 털 다 뽑고 꽁지만 남은 달구새끼 꼴 아니라고?"

야자수뿐만 아니라 멀찍이 보이는 산이며, 집들, 사람들도 눈에 설었다. 그러다 보니 하늘도 햇볕도 바람도 눈 설게 느껴졌다.

줄을 서서 배에서 내리는 그들은 하나같이 추레했다. 오랜 뱃길에 시달릴 대로 시달렸으니 그럴 수밖에 없었다. 삼베옷은 선실에서 줄곧 입고 뒹굴어 때에 절었고, 짚신은 너덜너덜해져 있었다. 게다가 보이는 것마다 낯설어 갑판에서 환호하던 생기를 다 잃어버린 채 잔뜩 겁에 질려 있었다.

인원 점검이 끝난 뒤 그들은 다짜고짜 주사를 두 대씩 맞고, 종이에 손도장을 눌렀다. 말이 통하지 않으니 무슨 주사인지 알 수가 없고, 종이에 가득 적힌 꼬부랑글씨가 무슨 내용인지 알 리 없었다. 그저 손짓하는 대로 따를 수밖에 없었다.

손도장을 누르고 사무실을 나온 그들은 눈치 빠르게 정신을 가다듬어야 했다.

"갓댐, 스팅키 애니멀! 허리 업, 허리 업!(야, 냄새 나는 짐승 새끼야! 빨리 해, 빨리!)"

가죽 장화에 모자를 쓴 몸집 큰 백인들이 채찍을 휘두르며 소리쳤다. 사람을 갈기지는 않았지만 채찍이 허공을 찢는 소리가 소름 끼치게 울렸다.

그들은 백인들이 외치는 소리가 무슨 뜻인지 모른 채 트럭에 올랐다. 그러나 그 소리가 욕이라는 것은 알고 있었다. '갓댐'이라는 욕은 배를 타고 오는 동안 수없이 들었다. 선원들은 걸핏하면 눈을 부라리며 '갓댐'을 내뱉었다. 갓댐은 그들이 최초로 배운 영

어였다.

120여 명이 트럭 세 대에 빽빽하게 실렸다.

'사람대접 받고 살기는 다 틀렸구나.'

두 번째 트럭에 앉은 방영근은 멍한 눈길을 하늘로 보낸 채 그런 생각을 했다.

트럭은 벌판을 달렸다. 트럭에 포장을 치지 않아 그들은 뙤약볕을 그대로 받았다. 햇볕은 이상하게 눈부셨고, 바늘 끝처럼 따끔거렸다. 차가 달리고 있어서 바람이 이는데도 땀이 뻘뻘 흘렀다. 그 예사롭지 않은 더위에서 그들은 불길한 느낌을 받았다. 사철 기후가 좋아 일하기 편한 땅이라는 말이 새삼스레 떠올랐다. 트럭이 차례로 멈췄다.

"허리 업! 갓댐, 허리 업!"

차에서 뛰어내린 백인들이 다시 채찍을 휘두르며 외쳤다.

그들은 서둘러 트럭에서 뛰어내렸다.

비탈에 줄지어 선 똑같은 모양의 엉성한 판잣집들이 눈에 들어왔다. 그들은 그 볼품없는 집이 자기네 거처라는 것을 직감적으로 깨달았다.

백인들은 살벌한 기세로 갓댐을 외치고 채찍을 휘두르며 줄을 세웠다. 사람들은 행여 채찍에 맞을까 봐 재빨리 한 줄로 늘어섰다.

"갓댐, 스팅키 애니멀!"

한 백인이 고함을 지르며 뒤쪽으로 내달았고 곧 비명이 터졌다. 사람들의 눈길이 그쪽으로 쏠렸다. 한 남자가 쓰러져 있었고, 백인은 사정없이 채찍을 휘둘렀다. 채찍이 몸을 휘감을 때마다 그 남자의 몸뚱이는 풀쩍풀쩍 솟듯 했고 비명이 자지러졌다. 그 남자의 바지는 엉덩이가 반쯤 보이게 흘러내려 있었다. 사람들은 그 남자가 급히 용변을 보다가 매질을 당하게 된 것을 알았다. 채찍질은 열 번이 가까워져서야 멎었다. 그 남자는 신음 소리를 낼 뿐 몸을 일으키지 못했다.

사람들 쪽으로 돌아선 백인은 그 남자를 손가락질하며 뭐라고 떠들었다. 사람들은 그 소리가 아무 데서나 용변을 보면 저렇게 된다는 뜻으로 알아 새겼다. 매질 당한 남자는 두 사람의 부축을 받고서야 몸을 일으켰다.

그들은 열 명씩 갈리어 막사로 밀려 들어갔다. 비바람이나 겨우 가릴 수 있도록 판자막이를 한 막사 안에는 공동 침상이 깔려 있고, 그 옆 빈자리에 긴 나무 걸상이 두 개 놓여 있었다. 출입문 위에 걸려 있는 낡은 불알시계 하나가 유일한 치장물이었다.

침상에 걸터앉은 방영근은 시계를 멍하니 올려다보았다. 다른 사람들도 시무룩한 얼굴로 말없이 앉아 있었다.

해거름이 되자 그들은 줄을 서서 식당으로 갔다. 거기서 조선 사람들을 만났다. 식당 일을 하고 있는 그들은 먼저 하와이에 온 사람들이었다. 반가웠으나 서로 말 한마디 나눌 수 없었다. 백인들의 눈초리가 번득이고 있었기 때문이다. 그들은 밥 한 그릇과 국 한 그릇씩을 퍼 주고받으면서 눈으로 말을 주고받을 수밖에 없었다. 식당 일을 하는 사람들의 눈에는 물기가 서린 듯했고, 웃음에는 서글픔이 서려 있었다.

그들은 밥과 국을 받아 허겁지겁 먹었다. 시장해서만이 아니었다. 손에 든 것은 쌀밥이었고 식탁에는 김치가 놓여 있었다. 배를 타고 오면서 밥에 김치를 얼마나 고대했던가? 그들은 게걸들린 사람들답게 김치와 밥을 순식간에 먹어 치웠다.

그런데 밥을 다 먹은 사람들 쪽에서 연거푸 비명이 터졌다. 백인들의 채찍은 오랜만에 김치와 밥을 배불리 먹은 포만감에 젖어 맘 놓고 트림을 하는 사람에게 날아가고 있었다.

걸핏하면 날아드는 채찍에 그들은 완전히 주눅이 들어 막사로 돌아왔다.

막사 문이 벌컥 열리고 백인 하나와 조선인 하나가 들어섰다.

백인이 뭐라고 외치며 채찍으로 침상을 내리쳤다.

"다 침상으로 똑바로 올라앉으시오."

조선 사람의 말이었다.

그들은 짚신을 벗고 침상으로 우르르 올라가 앉았다.

백인이 뭐라고 한참 떠들어 댔다.

"오늘은 첫날이라 저녁밥을 대접했고, 내일 아침부터는 한 막사에서 두 명씩 당번을 뽑아 밥을 해야 합니다. 기상은 새벽 4시, 하루 노동은 열 시간입니다. 앞에 두 사람은 내일 식사 준비를 해야 하니까 앞으로 나오고, 다른 사람들은 자도록 하세요. 이상입니다."

말을 끝내고 두 사람이 돌아서자 식사 당번 두 사람이 엉거주춤 따라 나갔다.

"이것 참 기분 나쁘고 이상하지 않소? 우리를 꼭 종놈 다루듯 한단 말이오."

다른 남자가 성질을 냈다.

방영근은 참을까 하다가 군소리들이 자꾸 길어질 것만 같아 입을 열었다.

"배 타기 전에 왜놈헌티 20원 받았지라?"

"예, 받았지요."

"그러면 종놈이 된 것이오. 그 돈은 바로 이 양사람들이 내놓은 것이고, 우리는 다 종으로 팔려 왔단 말이오."

방영근은 일부러 매몰차게 말했고 분위기는 싸늘하게 굳었다.

막사 안에 어둠이 밀려들었다. 방영근은 창가로 갔다. 어두운 하늘에 별들이 드문드문 돋아나고 있었다.

'아아…… 여기서도 별들은 똑같구나…….'

코허리가 찡 울렸다. 어머니와 동생들의 얼굴이 밀려들었다. 편하리라고 생각하진 않았지만 생각보다 어려운 생활이 펼쳐질 것 같았다. 무슨 어려움이든 이겨 내고 어머니와 형제들 곁으로 돌아가리라고 그는 이를 사리물었다.

사람들이 한둘씩 자리를 잡고 누웠다. 금방 코를 고는 사람도 있었다. 그도 자리를 잡고 누웠다. 막상 눕자 몸이 한정도 없이 꺼져 내리는 것같이 무거웠다. 그는 바닷물에 꼴깍 잠기는 착각과 함께 진한 잠 속으로 빠져들었다.

딸랑딸랑 종소리가 다급하게 울렸다. 그 종소리에 쫓기며 방영근은 끈끈한 잠에서 벗어나려고 애썼다. 막사 안에는 아직 어렴풋한 어둠이 남아 있었다.

"게랍, 게랍! 갓댐, 게랍!"

이런 외침과 함께 백인이 문을 박차고 뛰어들었다.

그들은 허둥지둥 침상 아래로 내려서 백인들이 시키는 대로 빗자루로 막사 주변을 청소했다. 청소를 끝낸 뒤에는 식당으로 갔다. 식당 앞에는 채찍질 소리와 비명이 뒤범벅이었다. 더운 탓에 저고리를 벗어 맨몸이거나 짚신을 신지 않아 맨발인 사람들을 골라 채찍질을 하고 있었다. 채찍에 맞은 사람은 뒤늦게 그 까닭을 알아채고는 질겁을 해서 막사로 내뛰었고, 미리 눈치를 챈 사람들은 오던 걸음을 되돌리느라 정신이 없었다.

식당 규율은 엄했다. 저고리 옷고름이 풀어지거나 짚신을 질질 끌어도 채찍이 날아왔다. 큰 소리로 떠들거나 누구를 외쳐 부를 수도 없었다. 그런 까다로운 단속이 서양의 예법이라는 걸 알기까지는 꽤 여러 날이 걸렸다.

식사 시간은 30분이었다. 밥을 타고, 각자 그릇을 씻고, 집합 전까지 담배라도 한 대 피울 짬을 내려면 밥을 먹으면서 옆 사람과 말 한마디 나눌 틈이 없었다. 낯을 씻는 시간이나 변소를 가는 시간도 따로 주지 않아 제각기 눈치껏 할 수밖에 없었다. 행동이 굼뜬 사람은 그저 채찍질당하다 골병들게 되어 있었다.

그들은 곧 점심과 물통, 연장 같은 것들을 실은 마차 두 대를 앞세우고 일터로 나갔다. 5시 직전, 작업장에 도착해 보니 출발할 때 보이지 않던 백인들이 말을 타고 오락가락하고 있었다. 말을 탄 백인들이 저쪽 멀리 깃발을 꽂았고, 아까 채찍을 휘두르던 자가 그 깃발을 가리키며 뭐라고 목청을 돋웠다. 사람들은 오늘 일을 거기까지 해내야 한다는 것임을 눈치로 알아들었다.

호루라기가 울리면서 정각 5시에 일이 시작되었다. 그들이 할 일은 농토를 만들기 위한 개간 작업이었다. 평지라고는 하지만 열대성 잡초와 나무가 뒤엉켜 원시림을 이루고 있었다. 그런 것들을 뿌리까지 다 뽑아 농사지을 땅을 만들어야 했다.

제각기 연장을 들고 일에 달라붙었지만 작업이 잘되지 않았다.

거의가 개간 작업을 해 본 경험이 없는 데다, 열대 야생 식물을 난생처음 대하다 보니 그것을 요령 있게 다루는 방법을 알 수가 없었다. 게다가 해가 떠오르자 더위에 삼베옷이 금방 땀으로 맥질되었고, 하나같이 기운을 쓰지 못하고 헉헉거렸다.

"이러지 말고 반씩 돌아가면서 쉬어 기운을 차리는 게 어떻겠소? 그래야 사람도 살고 일도 될 것 아니겠소?"

누군가가 불쑥 내놓은 의견이었다.

"그것 좋은 생각이오."

또 다른 사람이 찬성하고 나섰다.

"우리 맘대로 혀서 괜찮을랑가?"

주만상의 걱정스러운 말이었다. 방영근은 그의 말이 맞다고 생각했다. 자기들 마음대로 정할 문제가 아니었다.

"상관없소. 어쨌든 우리가 맡은 일만 해내면 될 것 아니겠소?"

처음 말을 꺼낸 사람이 주만상의 걱정을 무질러 버렸다. 방영근은 반대를 할까 하다가 말이 통할 것 같지 않아 입을 다물고 말았다.

결국 반씩 쉬기로 하고, 이 일을 주도한 사람의 막사 사람들 열 명이 먼저 쉬게 되었다.

잠시 뒤였다. 말발굽 소리가 요란하게 울리더니 귀에 익은 외침이 들려왔다.

"갓댐, 스팅키 애니멀!"

말을 탄 백인이 들이닥쳤다. 그늘에서 쉬고 있던 열 명은 혼비백산 튕겨 일어났다. 그러나 백인이 마구 휘두르는 채찍을 맞고 순식간에 서너 명이 픽픽 쓰러졌다. 나머지 사람들은 몸을 피하려 했지만 백인은 잽싸게 말을 몰아 가며 채찍을 휘둘렀다. 그럴 때마다 한 사람씩 비명을 지르며 나뒹굴었다.

매질을 당한 사람들이 일을 시작하는 것을 보고서야 백인은 다시 말에 올라탔다. 그의 목에는 망원경이 걸려 있었다.

그들은 점심 호루라기 소리가 울릴 때까지 허리 한번 제대로 펼 수 없었다. 점심시간은 11시 반부터 30분간이었다. 점심도 마음대로 그늘을 찾아들 수 없어 뙤약볕 속에서 줄을 맞춰 앉아 먹어야 했다. 어떤 것이든 제약이고 통제 아닌 것이 없었다.

점심을 끝낸 다음에야 사람들은 그늘에서 쉴 자유를 갖게 되었다.

"빌어먹을, 우리보다 먼저 온 사람들도 이런 꼴을 당하고 살았을까?"

"목숨 부지하자면 별수 있겠소? 생지옥이 따로 없고 그저 앞날이 캄캄하오."

그늘에서 쉬는 사람들의 입에는 한숨만 물렸다.

그들의 일과는 정해진 시각인 4시에 끝나지 않았다. 모두 일손이 서툴러 책임량을 다 마칠 때까지 두 시간을 더 일해야 했다. 방영근네 조는 가장 늦어 어둠이 짙어 올 무렵까지 헉헉댔다. 매질을 당하느라 시간을 까먹은 데다 매 맞은 사람들이 힘을 제대로 쓰지 못했다.

9시가 넘어 막사에 들어선 그들은 픽픽 쓰러져 잠이 들었고, 기상을 알리는 종소리는 어김없이 새벽 4시에 울렸다. 그들은 백인 감독이 들이닥치기 전에 청소를 시작했다. 백인들 꼴을 보기 싫었고, 욕먹는 게 더러웠다.

사람들은 식당으로 가기 전에 옷 단속을 하느라 부산했다.

"이놈의 흙이 왜 이리 안 털려."

"안 털리는 게 아니라 흙이 시뻘건 색이라 표가 많이 나는 거요."

어제 땅을 파 보고 사람들은 놀랐다. 흙이 온통 붉은색이었다. 사람들은 생전 처음 보는 붉은 흙 위에 진한 땀방울을 뚝뚝 떨구어 가며 원시림과 싸웠던 것이다.

그들은 불안한 마음으로 식당에 들어갔지만 백인 감독이 옷에 붉은 흙먼지가 낀 것을 시비하지는 않았다. 그런데 그들이 지나갈 때마다 백인은 코앞에 손부채질을 해 대며 '갓댐 스팅키 애니멀'이란 소리를 연상 씨부렁거렸다.

어제와 마찬가지로 그들은 모두 일과 시간 안에 책임량을 마치지 못해 땅거미를 밟고 막사로 돌아왔다. 그러나 식사를 마친 그들은 환호성을 질렀다. 다음 날이 일요일이었던 것이다.

일요일에는 일을 하지 않았다. 그렇다고 마음대로 행동할 수 있는 것은 아니었다. 밤마다 권총을 찬 백인 감독 하나가 숙직을 하듯 일요일에도 한 사람이 일직을 하며 그들을 감시했다. 그런 통제가 없더라도 큰길을 넘어갈 사람은 없었다. 말이 통하지 않는 백인 세상이 두려웠기 때문이다.

아침을 먹고 나서 다시 잠에 곯아떨어진 그들은 점심때 일어났다. 점심을 먹은 뒤에는 빨래를 하러 갔다. 일터와는 반대편인 산줄기 쪽의 나무숲 우거진 데로 얼마를 걸어가자 물 맑은 개울이 나타났다.

빨래를 끝낸 그들은 목욕을 하고 싶은 마음이 간절했지만 아무도 물속으로 뛰어들지 못했다. 그들은 채찍질의 공포에 완전히 질려 있었다. 그런데 백인이 옷 벗는 몸짓에다가 헤엄치는 시늉을 해 보였다. 그때서야 그들은 기쁨의 소리를 지르며 옷을 벗기 시작했다.

그들은 어린애들처럼 앞다투어 물속으로 뛰어들었다. 그러나 시원함은 이내 가시고 말았다. 채찍질당한 사람들의 알몸에 난 상처를 보며 그들은 전율과 공포를 느꼈다.

묵은 때를 밀어내던 그들은 뜻밖의 사람들을 만났다. 100여 명이 또 빨래를 하러 왔는데, 그들은 작년에 하와이로 온 사람들

중의 일부였다.

그들은 서로 반가워하며 금방 어우러졌다.

"댁네들도 그리 맞고 사셨소?"

남용석이 내놓은 말이었다.

"여부가 있겠소? 우리야 다 일하는 짐승인데."

얼굴이 핼쑥한 남자는 빨래를 주무르며 씁쓸하게 웃었다.

"여기가 천국이라더니 왜놈들한테 완전히 속았소. 이걸 어쩌면 좋소?"

다른 남자가 감정이 솟기는 말투로 대꾸했다.

"여긴 생지옥이고, 우린 흰둥이 미국 놈들 종으로 팔려 온 거요. 당신들도 검둥이들 봤지요? 그 검둥이들을 흰둥이들이 끌어다가 노예로 부려 먹었다는 거요. 그런데 그 검둥이들을 노예로 부리는 것을 법으로 금한 것이 몇십 년 됐답디다. 우리가 바로 그 검둥이 노예나 똑같단 말이오. 우리는 색깔이 다르니까 노란둥이 노예란 것이 다를 뿐이오."

처음 남자의 옆에 앉은 남자가 비웃음 어린 얼굴로 말했다.

"그게 말이 되나요? 나라에서 붙인 방에는 종놈이 된다는 말은 없었소."

"나라? 우스운 소리 마시오. 우리는 모두 이 농장에 100달러씩 빚을 졌소. 배 타기 전에 왜놈한테 받은 20원에다 여기까지 배 타고 온 뱃삯이 그 돈이오. 그걸 갚지 못하면 종놈 신세를 면할 수가 없소. 다들 지장 눌렀지요? 그 종이가 바로 그렇게 하겠다는 계약서요."

"100달러면 얼마나 큰돈이다요?"

남용석이 다급하게 물었다.

"여기서 한 달에 받는 돈이 15달러요. 밥은 먹여 주니까 일곱 달이면 종놈 신세 면할 것 같지요? 그건 계산상 그럴 뿐이오. 병 안 나고, 술 한 방울 입에 안 댄다 해도 신 사 신고 옷 사 입다 보면 15달러는 부서지지 않을 수 없소. 종놈 신세 벗어나자면 감감한 세월이오."

사람들의 얼굴은 참담하게 일그러졌고, 방영근도 마음이 걷잡을 수 없이 무너져 내렸다.

"저 흰둥이들은 왜 그리 악독헌지 모르겄습니다."

남용석이 고개를 내저었다.

"저것들은 다 미국에 온 지 얼마 안 되는 독일이나 포르투갈이라는 나라 놈들이오. 그놈들은 무슨 수를 쓰든 돈 벌 생각밖에 없소. 우리한테 일을 많이 시키면 그만큼 돈을 많이 받으니까 그 지랄들인 거요."

"잡새끼들, 즈그도 고용살이허면서."

"차차 알겠지만 농장 주인 놈들이 더 나쁘오. 그놈들이 뒤에 앉아서 돈을 걸어 놓고 그놈들을 자꾸 악독하게 만든단 말이오. 루나 놈들 중에서 작업 실적을 가장 많이 올린 놈을 매달 골라내 상금을 주고, 1년 통틀어 1등을 한 놈한테는 세계 여행을 시켜 주는 판이오. 그러니 루나 놈들이 눈에 불을 켤 수밖에 더 있소?"

"루나가 뭐요?"

"아, 여기 하와이 말인데, 감독이란 뜻이오."

"그런데 저놈들 입에 항시 붙어 있는 갓댐 스팅, 거 뭐라는 소리는 무슨 말이오?"

"아, 갓댐 스팅키 애니멀 말이오? 냄새나는 짐승이란 뜻인데, 우리한테서 김치 냄새, 마늘 냄새, 땀 냄새가 난다고 업신여겨 부르는 거요."

"즈그 놈들은 그 지독헌 노린내에 쉰내 안 나간디?"

방영근이 격하게 내뱉었다.

호루라기 소리에 따라 방영근네는 먼저 빨랫감을 들고 줄을 지었다.

하와이 이민은 노동력 충당을 위해 하와이 사탕수수농장협회에서 주한 미국 공사 알렌을 통해 교섭한 것이었다. 고종은 1902년 11월에 수민원(綏民院)을 설치하게 하고, 12월 22일 인천항에서 121명을 떠나보냈다. 그러나 '백성을 편안케 한다'는 뜻인 수민원은 처음부터 그 직무를 유기하고 있었다. 이민자 121명 중 반

이상이 미국 선교사 존스의 '대한 사람이 인간의 천국인 미국에 이민하게 되는 것은 하나님의 뜻이요 하나님의 은혜'라는 설교에 넘어간 영동교회 교인이었다. 그 뒤로도 여러 선교사들이 개항지를 중심으로 사람들을 모집하러 다녔다.

5

일진회 지부

8월이 중순을 넘기면서 호남평야의 가마솥더위는 한풀 꺾였다. 하늘 색도 변했고, 물 빛깔도 달라졌으며, 아침저녁으로 선들바람이 일었다.

그런 계절의 변화에 맞추기라도 하듯 나라에 큰 사건이 벌어졌다.

"마침내 우리가 고대하던 일이 성사됐소. 이제야말로 때가 온 것이오."

영사관 서기 쓰지무라는 주먹을 부르쥐며 눈을 빛냈다.

"네, 일본이 조선을 지배하는 실권을 장악하게 되었으니 얼마나 기쁜 일입니까?"

하야가와는 쓰지무라의 비위를 맞추듯 맞장구를 쳤다.

"이번 협정으로 주춧돌은 놓았지만 집을 완성하자면 앞으로 수많은 일들이 남아 있소. 그 일들을 차근차근 잘해 나가기 위해 총력을 다해야 할 것이오."

"예, 있는 힘을 다하겠습니다."

"에 또, 이번 일을 계기로 반대 세력만 색출할 것이 아니라 우리의 지지 세력도 광범위하게 조직할 생각인데, 어떻소?"

"아주 시기적절한 계획인 것 같습니다."

하야가와는 일본 사람 특유의 몸짓으로 상체를 깝신거렸다.

"그 계획에 따라 군산에도 지부를 결성해야겠는데…… 무엇보다 중요한 게 그 모임의 회장을 누굴 시키느냐 하는 점이오. 마땅한 사람 없소?"

"아 예…… 어느 정도의 요건을 갖추어야 하는지요……."

너무 갑작스러운 말 앞에서 하야가와는 당황의 빛을 감추지 못했다.

"물론 우리를 적극 지지하는 자여야 하오. 둘째는 이 지역에서 이름이 좀 알려져 있어야 하오. 셋째는 행동에 적극성이 있어야 되겠소. 넷째는 학식이 좀 들었으면 좋겠소."

"예…… 그런 사람이……."

하야가와는 마음만 급했지 마땅한 사람이 떠오르지 않아 몸이 달고 있었다.

"자, 한 사람만 생각하지 말고 서로가 적당하다고 생각하는 사람을 두셋씩 내놓고 그중에서 골라내도록 합시다."

쓰지무라의 제안이었다.

"예, 제가 생각한 것은 두 사람인데…… 하나는 문수환이라고 재산을 꽤 가진 부자고, 그다음은 백종두라고 지금 이방을 지내고 있는 잡니다."

하야가와는 숨죽인 소리로 조심스럽게 말하고는 쓰지무라의 눈치를 살폈다.

"하! 역시! 백종두를 골라내다니! 나도 그자를 꼽고 있었는데. 우리 의견이 일치됐으니 다른 자들은 더 따져 볼 필요도 없소. 백종두, 그래 그자가 아주 적임자요."

쓰지무라는 밝은 웃음까지 지으며 만족스러워했다. 하야가와는 비로소 큰 짐을 벗은 안도감으로 어깨의 힘을 뺐다.

그들이 말하는 협정이란 제1차 한일협약이었다. 러시아를 상대로 전쟁을 일으킨 일본은 재빨리 군대를 한양에 진입시킨 다음, 무력 위협 아래 한일의정서를 조인하여 조선 안에 군사기지를 확보하는 법적 근거를 마련했다. 그것이 2월의 일이었다. 그 뒤에 러시아와의 전쟁이 유리해지자 그들은 그 기세를 조선 정부로 확대시켰다. 재정 고문과 외교 고문을 초빙하라는 강요였다. 결국 정부는 그 강압에 굴복해 협정서에 도장을 찍고 말았다. 1904년 8월

22일이었다. 그 협정에 따라 재정 고문에 일본인 메가다, 외교 고문에는 미국인 스티븐스가 앉게 되었다.

. 그것은 곧 나라의 재산권과 외교권을 넘겨준 것이었다. 그러나 고문 배치는 그것으로 끝나지 않았다. 일본은 계속 경무 고문, 군부 고문, 궁내부 고문, 학정 참여관을 들이밀었다. 그 네 부문의 고문은 협정서에 없었다. 그러나 정부는 그 엄연한 위약조차 막지 못했다. 결국 조선은 꼼짝없이 일본의 실질적인 식민지가 되어 버렸던 것이다.

어스름이 번지는 시가지에 인력거 한 대가 물안개 번지듯 빠르게 굴러갔다. 인력거 위에는 백종두가 거만스럽게 앉아 있었다.

"저녁에 좀 만나도록 합시다."

콧대 세우기 좋아하는 쓰지무라가 먼저 만나자고 한 것은 처음이었다.

'도대체 무슨 일일까……?'

백종두는 인력거에서 내려 동매관으로 들어서기 전에 두루마기를 털고 갓을 바로잡으며 헛기침을 했다. 백종두는 구석방으로 안내되었다.

"아, 어서 오시오, 백 상. 기다리고 있었소."

쓰지무라는 자리에서 일어나며 백종두를 맞이했다.

"늦어 죄송합니다. 오래 기다리셨나요?"

백종두는 일본말로 인사하며, 쓰지무라가 자기를 일어나서 맞는 것을 지나치지 않았다. 전에 없던 행동이었다.

"아니오. 자, 앉읍시다."

쓰지무라는 웃는 얼굴로 자리를 권했다. 백종두는 쓰지무라의 달라진 행동에 만족스러움을 느끼고 있었다.

“요새도 일어 학원에 나가십니까?”

쓰지무라가 담배를 권하며 물었다.

“나가기는 합니다만 말이 늘지 않습니다.”

백종두는 담배를 뽑으며 비식 웃었다.

“아닙니다, 백 상은 이제 학원에 안 다녀도 되겠습니다. 아주 일취월장입니다.”

“허허허허…… 아직 멀었어요.”

백종두는 손을 내저었다. 그러나 그 언행은 겸손일 뿐 그는 그들의 말을 입에 발린 소리가 아니라 사실 그대로라고 믿고 싶었다.

"백 상, 이번에 세상이 크게 달라진 걸 알고 있지요?"

쓰지무라는 백종두를 응시하고 있었다.

"고문 초빙 협정서 체결 말인가요?"

"그렇소. 그걸 어떻게 생각하시오?"

그는 목소리를 조금 낮추어 물었다.

"글쎄요…… 위에서 한 일인데 내가 감히……."

백종두는 말을 조심하며 고개를 저었다. 그는 순간적으로 쓰지무라가 자신의 마음을 떠보는 것이라고 판단했던 것이다.

"아, 내 말이 좀 모호했던 것 같소. 다시 말해서 그 고문정치에 따라 앞으로 세상이 어떻게 달라질지 백 상은 잘 알고 있지요?"

백종두에게 눈길을 박고 있는 쓰지무라의 얼굴에 묘한 웃음이 번졌다. 그 말과 웃음이 가슴을 예리하게 찌르는 것을 백종두는 반사적으로 느꼈다.

"예…… 그 고문이라는 게, 자문하고 같은 뜻이니까 서로 협조하는 정도 아닌가요?"

백종두는 머리를 빨리 돌려 다시 생각해 보았지만 그 이상의 의미는 찾을 수 없었다.

'병신 같은 녀석, 아무리 지방 하급 관리라지만 그따위로 멍청

해서야 원. 관리라는 것들이 저 모양이니 우리가 조선을 먹어 치우는 것이야 너무 당연한 일 아닌가?'

쓰지무라의 웃음은 조소로 바뀌고 있었다.

"백 상, 백 상 생각은 틀렸소!"

한동안 말이 없던 쓰지무라가 불쑥 내던진 말이었다.

"예? 무슨 소리요?"

무언가 심상치 않은 느낌을 받고 있던 백종두가 곧바로 반응했다.

"글쎄요, 백 상이 그만한 걸 생각하지 못할 사람이 아닌데요."

쓰지무라는 빙긋 웃으며 차를 홀짝 마셨다.

"어허 참, 내 생각이 틀렸다면 고문정치라는 것이 협조가 아니라는 말인데, 협조가 아니면, 일본 사람들이 직접 정치를 한다는 뜻이오?"

생각을 정리하느라고 백종두는 말을 많이 더듬었다.

"그렇소!"

쓰지무라는 회심의 웃음을 지었다. 의도대로 백종두의 입에서 그 말을 끌어냈던 것이다.

"아니 그럼, 세상이 뒤집힌 것 아니오!"

눈을 휘둥그렇게 뜬 백종두의 입에서 터져 나온 소리였다.

"뭘 그리 놀라시오? 백 상은 이런 날이 올 것을 미리 다 알고 있지 않았소?"

쓰지무라는 백종두에게 부드러운 눈길을 보내며 2단계로 백종두를 몰기 시작했다.

백종두는 정신이 멍했다. 고문 초빙 협정이 그렇게 엄청난 일인 줄은 몰랐다. 정치가 일본 놈 마음대로 되면 내 신세는 어찌 되는가……? 그는 불안에 휩싸였다. 그동안 사또가 수없이 바뀌고, 동학 난리를 겪은 것과는 생판 다른 세상이 될 거라는 생각이 들었다.

"글쎄요…… 그게, 글쎄……."

백종두는 마땅히 할 말을 찾지 못한 채 엉덩이를 들먹거렸다가 손을 맞잡아 비비다가 했다. 쓰지무라는 그 불안한 모습을 재미있는 구경거리 보듯 바라보고 있었다.

"백 상, 아무 염려 마시오. 세상이 바뀌어도 백 상의 처지는 좋아지면 좋아졌지 나빠지지는 않을 것이오."

쓰지무라는 백종두의 심장을 정통으로 찌르고 들었다.

"예? 그게 정말입니까!"

배고픈 붕어가 미끼를 덥석 물듯 백종두는 너무 쉽게 속을 드러냈다.

"내가 왜 거짓말을 하겠소? 그래서 내가 백 상한테 중요한 일을 맡길까 하는 참이오."

그는 새로운 눈길로 백종두를 바라보았다.

"무슨 일인데요?"

"이번에 조선인 중심의 거국적인 단체를 만듭니다. 그 계획에 따라 군산에도 지부를 결성해야 하는데, 회장으로 백 상이 적임자가 아닌가 생각합니다."

'조선인 중심의 거국적인 단체? 그런데, 뒤에서 영사관이 움직인다? 옳아, 이것이 예사 것이 아니로구나!'

백종두의 머리는 빠르게 회전하며 과녁을 정확하게 맞히고 있었다.

"글쎄요, 나 같은 사람이 뭘 알아야 말이지요."

친일 단체 구성이라는 윤곽을 파악한 백종두는 손익을 따지기 위한 시간 벌기 작전에 들어갔다.

"아, 무슨 겸손의 말씀을, 내가 보기엔 백 상을 당할 적임자가 없습니다."

"과분한 말씀입니다. 나보다 자격이 넘치는 사람은 얼마든지 있지요."

쓰지무라의 속마음까지 알게 된 백종두는 느긋하게 몸값을 올리는 작전으로 접어들었다.

"그렇지 않습니다. 무슨 일을 하려다 보면 사람은 많아도 적임자를 고르기는 쉽지 않은 법입니다. 그만 겸손해하시고 회장직을 맡아 주시지요."

"아닙니다. 겸손해서가 아니고 난 단체 일을 해 본 일이 없으니 부적격합니다."

쓰지무라는 그만 신경질이 솟았다. 말 한마디면 감지덕지할 줄 알았는데 판이 영 이상하게 돌아가고 있었다.

백종두는 백종두대로 계산하느라 여념이 없었다.

'세상이 뒤집힌 판에 영사관 세력에 업혀? 그야 더 말할 것 없는 득세지. 그런데 남보다 먼저 친일 단체 회장으로 깃대를 들어? 사람들이 욕을 바가지로 퍼붓겠지? 헌데, 욕하고 대세하고…… 그야 언제나 대세를 따르는 게 신상에 유익한 법이지.'

그는 속입술을 잘근잘근 깨물고 있었다.

"백 상, 길게 이러고저러고 할 게 없소. 우리가 물색해 둔 회장 후보자는 여럿이오. 어떻게 할지 앗싸리하게 대답하시오."

태도가 돌변한 쓰지무라는 '앗싸리'에 힘을 주어 말했다.

백종두는 순간적으로 자신이 궁지에 몰리고 있음을 알았다. 자신을 위협하는 것은 후보자가 여럿이라는 말이었다. 그 말에 몰리지 말고 요령 좋게 대응해야 한다고 생각했다.

"예, 당연히 후보자도 여럿이겠지요. 허나 그 단체가 무슨 일을 할지, 또 회장이 할 일은 무엇인지 등등 설명이나 하고 회장을 맡으라고 하는 게 순서일 것이고, 나로서도 회장을 맡으면 현직은 어찌 되며, 장래는 어찌 될지 생각할 여유가 필요한 것 아닙니까? 급한 일일수록 신중하라고 일본 책에도 적혀 있더구만요."

백종두는 정면으로 박치고 든 쓰지무라를 여유 만만하게 업어치기하고 있었다.

"맞는 말이지만 신중이 지나쳐 때를 놓치지 말라는 말도 적혀 있소. 그럼, 백 상이 원하는 대로 간략하게 말하겠소. 그 단체는 우리 일본이 조선 땅에 진출하는 것을 지지하는 일을 할 것이오. 그리고 회장은 우리와 동격의 유대를 맺고, 모든 편의와 혜택을 제공하고, 장래를 우리가 보장하오. 이만하면 됐소?"

쓰지무라는 두 팔을 뒤로 받쳐 윗몸을 젖혔다. 굶주린 짐승 앞에 독이 든 고깃덩이를 던져 놓고 기다리는 포획자의 여유고 거만이었다.

백종두는 자신의 귀를 의심할 지경이었다.

"아, 진작 그리 말씀하셨더라면 길게 이야기할 필요가 없었겠군요. 말씀하신 게 사실이라면 기꺼이 회장을 맡겠습니다."

백종두의 반들거리는 눈이 더욱 반들거리며 빛을 냈다.

"아, 잘됐소, 백 상! 이제 기분 좋게 축하주를 마십시다."

쓰지무라는 정말 기분 좋은 듯 환하게 웃었다.

"술상이 들어오기 전에 그 단체에 대한 계획을 대충 설명하겠소."

쓰지무라가 자리를 고쳐 앉았다. 백종두도 얼결에 앉음새를 고쳤다.

“이 단체는 규모가 전국적이고, 자금은 각 영사관을 통해 지원합니다. 사업은 아까 말한 대로 일본의 조선 진출을 앞장서서 지지해서 그것이 대중들에게 파급되도록 하는 겁니다. 현재 중앙에 책정된 1차 자금이 5만 원입니다. 그 자금을 토대로 조직을 짜고 사업을 시작하게 됩니다. 궁금한 것 더 없습니까?”

“아 예, 회원들은 회장이 모집하는 겁니까?”

“아닙니다. 기본 인원은 주재소와 기타 조직을 이용해서 확보하게 될 겁니다.”

“단체의 명칭은 뭔가요?”

“중앙에서 정해져 내려올 겁니다.”

“술상 준비됐습니다아.”

방문 밖에서 들려온 소리였다.

“지금까지 한 얘기는 일체 비밀입니다.”

쓰지무라가 낮고 빠르게 속삭였다. 백종두는 헛기침을 하며 고개를 끄덕였다.

안주를 옮겨 놓는 동안 백종두는 5만 원이란 자금을 골똘히 계산해 보았다.

상답이 5원이니까 5만 원이면 논이 1만 마지기였다. 그리고 논 한 마지기에 두 석을 잡으면 모두 2만 석, 정말 어마어마한 돈이었다. 그런데 그것이 1차 자금이라고 했다. 그는 더할 나위 없는 만족감으로 두 손을 맞잡았다.

백종두는 심한 갈증을 느끼며 눈을 떴다. 그는 눈을 비비며 그 결정이 과연 잘한 것인지 생각해 보았다. 정치가 그 꼴이면 나라가 망하는 건데, 내가 그래도 되나 하는 생각에 마음이 무거웠다. 자신은 명색이 나라의 녹을 먹는 관리였다. 친일 단체의 회장이 되는 것이 관리로서 할 일인가? 그런데 한양의 대감이란 사람들은 뭐고 상감은 또 뭔가? 고문 초빙은 다 그 사람들이 결정한 것 아닌가? 그 높으신 양반들이 그런 결정을 내렸는데 나 같은 말직이 나선다고 무슨 죄가 되겠는가? 그래도…… 너무 서둘러 나서는 것 아닌가? 아니지, 기왕 나서려면 먼저 숟가락을 들어야 한 술이라도 더 뜨지. 그런데 상감이고 대감들은 어쩌자고 그런 막가는 결정을 내렸을까? 일본 놈 힘이 그렇게도 센가? 상감과 대신들은 앞으로 어쩔 셈인가? 이제는 청국이 아닌 일본을 섬겨 신하 노릇을 할 것인가……?

그는 이런저런 생각을 엎었다 뒤집었다 하며 지루한 오후를 보내고 있었다. 그런데 쓰지무라한테서 만나자는 연락이 왔다.

"백 상이 회장직을 맡아 준 기념으로 내가 선물을 하나 드려야겠소. 자, 받으시오. 거류지 내의 일급지 땅문서요."

쓰지무라가 봉투를 불쑥 내밀었다.

"아니……!"

백종두는 너무 놀라 입을 헤벌린 채 상대방을 멍청하게 바라보고 있었다. 그가 목을 매던 소원이 송두리째 공짜로 굴러들어 온 것이었다.

"가, 감사합니다. 이 과분한 선물을…… 천천히 주시잖고……."

봉투를 받는 그의 손도, 인사를 하는 목소리도 떨리고 있었다.

"어허허허…… 기왕 드릴 선물 하루라도 빠른 게 좋지요. 앞으로 잘 좀 해 주시오."

"아 예, 여부가 있겠습니까?"

두 팔로 봉투를 끌어안은 백종두는 갓 쓴 머리를 깊이 숙였다. 하루 종일 무지근하던 마음이 가뿐해지고 있었다.

"백 상, 회장을 하자면 그 갓부터 벗어 던져야 합니다."

쓰지무라의 느릿한 목소리였다.

"예에? 갓을?"

눈이 휘둥그레진 백종두의 얼굴에서 웃음이 싹 가셨다.

"뭘 그리 놀라시오? 당신네 상감부터 모든 대신들이 상투를 잘라 버린 지가 언젠데 지금까지 상투를 틀고 있소? 그건 엄연히 단발령이라는 국법을 어기는 행위요. 내 말 틀렸소?"

쓰지무라는 백종두를 노려보듯 하며 입이 약간 비틀리는 웃음을 지었다.

백종두는 봉투를 매만지며 억지웃음을 지었다.

"칠문아, 여러 말 헐 것 없다. 어여 가서 니 이름 올리고 오니라."

장덕풍이 아들의 어깨를 밀었다.

"나를 높은 자리 하나 시켜 주는 것이 틀림없는게라?"

장칠문은 아버지에게로 고개를 돌렸다.

"그것이야 이 애비만 믿어."

장덕풍은 자신 있게 말했다.

"그것만 확실허면 이름을 올리겄소."

"이, 그리고 니 나이 또래 아그들도 모아들여라. 일이 급허다."

장덕풍은 새로운 말을 내놓았다.

"딴 놈들 좋은 일 시켜 주게라?"

장칠문의 목소리가 꼬이며 눈찌가 고약해졌다.

"이놈아, 몸뚱이 없고 꽁지 없는 대가리 봤냐? 니가 윗자리에 앉자면 아랫것들이 있어야 할 것 아니여? 일본말로 꼬붕! 니 꼬붕으로 삼아야 하니 아그들을 모아도 니보다 힘세거나 머리 잘 돌아가는 놈은 피해야 혀."

장덕풍이 정색을 하고 말했다.

"그런 것은 말 안 혀도 다 아요."

장칠문은 픽 코웃음을 쳐 버렸다.

"오냐, 오냐, 니 똑똑타. 어여 가서 이름 딱 올리거라."

몸을 일으키는 장칠문은 새로운 희망에 부풀었다. 여태까지 부림만 당해 온 신세를 면하고 '꼬붕들'을 거느리게 된다는 것만으로도 가슴이 울렁거렸다.

선창이나 나무전, 인력거창 같은 데는 새로운 바람으로 술렁거렸다.

"니 청년횐가 뭣인가 들었어?"

"아니, 아직 생각 중인디."

"돈도 주고, 주재소허고 가깝게 지내고, 하여튼 이문이 많다는 것이여."

"거기서 허는 일이 뭔디?"

"새로 일어나는 군산을 위해 일헌다는디 아직은 잘 모르겄어."

"젊은 놈들이 다 들어간다는디 이러고 있다가 자리 다 뺏기는 것 아니여?"

"그려, 들라면 얼른 들어야제."

"일본말을 알면 더 쳐 준다면서?"

옷을 말쑥하게 빼입은 젊은것들이 모여 나누는 이야기였다. 그들은 선창가를 배돌며 촌사람들을 왈기거나 물건을 빼돌려 술값을 장만하고, 인력거창을 맴돌며 주먹질을 해 돈을 챙기며 건들

건들 살아가는 패거리였다. 그들은 거의가 집안은 살 만하면서 신분은 양반이 못 되고 공부도 하기 싫은 아전급 집안의 자식들이었다.

9월이 중순으로 접어들고 있었다.

영사관에서 얼마 떨어지지 않은 빈터에서 무슨 식이 벌어지고 있었다. 커다란 차일 앞에는 60여 명의 젊은이들이 늘어섰고, 그 양옆으로 수많은 사람들이 모여 있었다. 젊은이들은 단출한 차림에 똑같이 밀짚모자를 쓰고 있었다. 밀짚모자 아래로 드러난 짧은 머리칼은 그들이 모두 단발을 했음을 말해 주고 있었다.

"다음은 회장님의 말씀이 있겠습니다."

백종두가 단상 앞에 섰다. 그의 상투는 간곳없었다.

일진회 군산 지부 발단식이었다.

6

차라리 죽자

해가 기우는가 싶더니 소슬바람이 일었다. 가을이 달음박질쳐 오고 있었다.

감골댁은 지친 걸음으로 사립문을 들어섰다. 머릿수건이며 삼베 적삼에 먼지가 부옇게 앉아 있었다. 하루 종일 품팔이 밭일을 한 흔적이었다.

집 안에는 아무 기척이 없었다.

"영근아……."

감골댁의 입에서 큰아들 이름이 신음처럼 흘러나왔다. 아들이 떠난 뒤에 생긴 버릇이었다.

땅뙈기라고는 아예 없는 신세지만 큰아들이 있을 때는 겨울 양식을 크게 걱정하지 않았다. 그런데 아들이 없으니 혼자 힘으로는 다섯 입에 풀칠하기도 쫓길 지경이었다. 큰딸 보름이가 품팔이를 나섰지만 품삯은 하품 나오는 것이었다. 품삯도 품삯이고 다 큰 처녀가 품팔이를 나서는 것도 못 할 일이라 앞을 막았지만 큰딸은 한사코 듣지 않았다.

감골댁은 먼지 내려앉은 툇마루에 그대로 주저앉았다.

"감골댁, 있소?"

머리 희끗희끗한 여자 노인네가 사립문을 들어섰다.

"어여 오시오, 봉산댁."

감골댁이 심드렁하게 인사했다. 봉산댁은 마루에 엉덩이를 걸쳤다.

"감골댁, 오늘 아주 좋은 소식을 갖고 왔소."

"들으나 마나 헌 소리, 또 그 이야기면 꺼내지도 마시게라."

감골댁은 팔짱을 끼며 몸을 사렸다.

"아이고, 이 늙은것이 수고하는 걸 생각혀서라도 그러는 것이 아니시."

봉산댁의 목소리가 높아졌다.

"그 일은 애당초 뜻이 없다고 안 혔소?"

감골댁이 봉산댁에게 눈길을 돌렸다.

두 계집아이가 구김살 없이 떠들며 사립을 들어서다가 멈칫했다.

"엄니, 언제 왔능가!"

두레박을 든 작은 계집아이가 반갑게 소리쳤다. 감골댁의 셋째 딸 수국이었다.

"피이!"

물동이를 인 둘째 딸 정분이가 봉산댁을 알아보고 내뱉은 소리였다. 그러고는 부엌 쪽으로 발길을 돌려 버렸다.

"하이고, 니는 셋째 딸 값 허느라 그러냐 어쩌냐? 이름대로 복스럽고 향내 진헌게, 느그 아부지가 어찌 그리 이름을 딱 맞게 지었을거나?"

봉산댁이 수국이를 찬찬히 보며 너스레를 떨었다. 수국이는 부끄러워 배시시 웃었고, 감골댁은 그 말이 좋게만 들리지 않아 얼른 부엌 쪽으로 들어가라고 눈짓했다.

"어쩔까? 헐 말은 혀야 허는디."

봉산댁은 비위짱 두껍게 그냥 돌아갈 눈치가 아니었다.

"안 되겄소. 얼른 방으로 듭시다."

결국 감골댁이 밀려 방문을 열었다.

"중신도 헐 중신이 따로 있제."

방에 자리를 잡은 감골댁이 혀를 차며 눈을 흘겼다.

"아니, 처녀 총각 중신만 중신이간디? 홀애비 중신도 서고, 과부 중신도 서고 혀야 세상이 어우러지는 것이제."

"아이고, 좋은 일 헌다고, 말 좀 살살 허랑게라."

감골댁이 눈살을 찌푸렸다.

"알겄소. 근디 김 참봉이 맘을 크게 썼소. 논을 닷 마지기로 올렸단 말이오."

목소리를 낮춘 봉산댁이 다섯 손가락을 쫙 펴 보였다.

"닷 마지기 아니라 열 마지기라도 안 되겄소. 처녀를 첩으로 내놓을 수야 없응게."

감골댁은 냉정하게 잘랐다.

"아 처녀니까 논을 닷 마지기 내놓제, 과부라도 그러겄어? 아직 배가 덜 고픈 모양이로구만."

봉산댁이 겄지르고 나왔다.

"아, 시끄럽소. 우리 아들 돈 벌어 오면 다 풀리요."

감골댁은 힘주어 말했다.

"하이고, 한번 떠난 사람은 영영 못 돌아온다는 소문도 못 듣고 사는가?"

봉산댁이 힝 콧방귀를 뀌었다.

"그런 소리 누구헌티 들었소?"

감골댁은 봉산댁을 다잡듯이 물었다.

"누구헌티 듣기는, 소문이란 것이 본시 대가리 있고 꼬랑댕이 있고 그런 것이간디? 요상허시, 귀 막고 사는 것도 아닌디 어째

그 소문이 감골댁 귀만 피해 다녔을꼬?"

봉산댁은 감골댁을 힐끔힐끔 곁눈질하며 능청스럽게 말했다.

"세상에나…… 그 무신 얄궂은 소문인고……."

중얼거림과 함께 감골댁의 입에서 한숨이 흘러나왔다.

"그냥 기분으로만 뻰지르지 말고 차근차근 생각혀 보시오. 딸 하나 치워서 좋고, 논 닷 마지기 생겨서 좋고, 이보다 더 좋은 일이 어디 있소? 총각헌티 시집가서 쫄쫄 굶고 사느니 부잣집에 들어가 평생 배불리 먹고사는 것이 낫지 않겄냔 말이오."

품팔이에서 돌아온 보름이는 부엌 쪽 벽에 몸을 반쯤 숨기고 서서 안방에서 흘러나오는 말을 다 듣고 있었다. 그녀의 곱상한 얼굴에 수심이 찼다.

"모르겄소, 몰라. 다 듣기 싫은게 가랑게라, 가!"

감골댁의 눈물 머금은 소리였다. 어머니의 그 목소리에 보름이는 속입술을 깨물었다. 눈물이 목까지 차오르고 있었다.

"김 참봉 어른이 보름이를 이쁘게 봐서 논 닷 마지기를 내놓는 줄이나 아시오. 김 참봉 맘 변허기 전에 얼른 맘 정해야 헐 것이오. 나 가 보겄소."

보름이는 재빨리 몸을 돌려 부엌으로 들어갔다.

"그 늙은이 갔나?"

짚불을 때고 있던 정분이가 언니를 올려다보았다. 보름이는 살

강 쪽으로 돌아서며 고개만 끄덕였다.

"저런 뻔뻔헌 할망구를 지리산 호랭이는 칵 안 물어 가고 뭘 허고 있는겨."

정분이는 부지깽이로 부엌 바닥을 내리쳤다.

보름이는 눈물 흔적을 지우며 서둘러 밥상을 차렸다. 다섯 식구가 밥상에 둘러앉았다. 보리밥에 풋김치와 간장 한 종지가 다였다.

보름이는 밥상을 들여오면서부터 무슨 잘못이라도 저지른 양 어머니를 바로 보지 못했다. 감골댁은 감골댁대로 보름이의 눈길을 피했다. 시집갈 나이가 다 차도록 제 짝을 찾아 주지 못하고 그런 흉한 말이 오가고 있으니 가슴에 피가 맺힐 일이었다.

그 돈 2원만 탈 없이 받아 냈더라도 중매쟁이를 놓았을 것을……. 감골댁은 또 부질없는 생각에 사로잡혔다.

"누나, 나 물."

대근이가 숟가락을 놓으며 보름이를 쳐다보았다. 그리고 그 눈길은 어머니의 밥그릇을 힐끔 스치고 지나갔다

"아니여, 내가 떠 올라네."

보름이보다 빠르게 정분이가 몸을 일으켜 세웠다.

"히! 작은누나가 내 말을 다 들어주네."

대근이가 정분이를 올려다보며 장난스레 웃었다. 정분이가 알

밤 먹이는 시늉을 하며 눈을 흘겼다.

"아나 대근아, 더 먹어라."

감골댁이 밥을 떠서 막내의 그릇에 옮겼다. 숟가락에 가득 퍼서 세 번이나 덜었다. 대근이는 입이 그만 헤벌어져 눈치 없이 숟가락을 집어 들었다.

"대근아, 기다려."

보름이는 대근이의 밥그릇을 집어 들었다. 그리고 반을 도로 어머니의 그릇에 덜었다. 그런 다음 자신의 밥을 한 숟가락 떠서 대근이의 그릇에 담았다.

"어째 이러냐?"

감골댁의 말이었다.

"그리 안 잡수면 병난단게라."

여전히 눈길을 떨군 보름이의 말이었다. 감골댁도 더는 말이 없었다.

"엄니, 나도 학교 다니고 싶은디."

입에 밥을 가득 담은 채 대근이가 뚱하게 내놓은 말이었다.

"뜬금없이 학교는 무슨 놈의 학교여."

숭늉을 떠 가지고 들어오던 정분이가 어이없다는 듯 통을 놓았다.

"나도 학교 다녀서 나중에 장헌 사람 되고 싶단 말이여."

대근이의 또릿한 말이었다.

"그려, 그려. 어여 밥이나 먹어."

감골댁의 목이 잠겨 들고 있었다.

보름이는 관솔불을 끄고 자리에 누웠지만 잠이 오지 않았다. 가을벌레의 울음소리가 가슴을 후벼 파고들었다. 몸을 뒤척이고 또 뒤척였다.

아버지가 돌아가시고 그 빚 때문에 오빠까지 떠나게 되어 집은 더 가난해졌다. 애초에 아버지가 동학군으로 나선 게 탈이었다. 그게 잘못인가? 그렇지는 않다. 동학군으로 나섰다가 죽은 사람은 아버지만이 아니었다. 너무나 많은 사람이 죽었다. 그 사람들은 다 장한 일을 하려고 나선 사람들이었다. 그렇지만 남은 건 가난뿐이었다. 세상이 어찌 이런가……?

보름이는 헝클어진 마음으로 밤새껏 몸부림을 쳤다. 어느새 새벽닭이 울고 있었다.

감골댁도 뜬눈으로 새우다시피 했다. 봉창이 밝으면서 감골댁은 온 식구가 굶어 죽는 한이 있어도 딸을 팔지는 않겠다고 결심했다.

감골댁은 보름이를 시집보낼 생각을 하느라 하루 종일 일이 손에 잡히지 않았다.

"영근이헌티서 무슨 나쁜 소식이라도 왔능게라?"

무주댁은 근심 서린 감골댁의 얼굴을 유심히 살폈다.

“궂은 소식이라도 있으면 좋게? 뱃길 만 리라더니 언제나 소식이 올는지 원. 참, 자네 우리 영근이처럼 배 탄 사람들이 영영 못 올 것이란 소문 들었능가?”

“그려라? 그런 소문이 있등게라?”

무주댁은 고개를 저었다. 그녀는 얼마 전 그런 소문을 얼핏 듣고도 감골댁에게는 숨겨 왔다.

“그놈의 할망구가 헛소리 지절댔구만.”

감골댁의 목소리가 차가웠다. 그러나 얼굴에는 웃음이 엷게 번지고 있었다.

“지 서방헌티서는 아무 소식이 없제?”

감골댁은 무주댁을 대할 때마다 죄스러운 마음을 씻을 길이 없었다.

“무소식이 희소식이제라.”

무주댁의 대답도 한결같았다.

“내가 큰 죄인이제…….”

감골댁의 똑같은 중얼거림이었다.

“근디 어떤 철길 공사장서 왜놈들허고 일꾼들이 패쌈을 벌여 갖고 사람이 죽고 상허고 혔다는 소문이 있던디.”

무주댁의 시름에 찬 말이었다.

"그려? 왜놈들허고 패쌈혀서 죽고 상혔으면 예삿일이 아니시. 그런 큰일은 필시 그 신문이란 것에 적혀 나왔을 것이네. 우리 이따 저녁에 송 선생을 찾아가 보세."

감골댁은 어루만지듯 하는 눈길로 무주댁을 바라보았다.

"고맙구만이라. 애들 애비가 원체로 왜놈을 싫어허는 데다 더러운 꼴을 못 참는 성미라 행여 그 쌈에 앞장선 것이 아닌가 걱정이 되느만요."

무주댁은 입술에 울음을 물었다.

"아닐 것이네. 돼지 아범이 왜놈 싫어허고 마음이 곧아도, 또 진중헌 사람이시. 감추고 사는 처지 생각허고 또 어린 새끼들 생각혀서 마구잡이로 나서지는 않았을 것이네."

감골댁은 무주댁의 어깨를 쓰다듬었다

'돼지'는 지삼출의 젖먹이 아들의 별명이었다. 돼지처럼 무엇이든 잘 먹고 건강하게 자라라고 젖먹이 아이들에게 흔하게 붙여 부르는 별명이었고, 진짜 이름은 '만복'이었다.

"허고, 또 한 가지 일이 있구만요."

"말허소."

"혹여 우리 주인집에서 논을 처분헐지도 모르겄소. 어저께 왜놈이 왔다 갔소."

무주댁이 속삭였다.

"그리되면 큰 탈이시. 그런 일 없어야 헐 것인디."

감골댁의 그늘진 얼굴이 울상이었다.

저녁 설거지를 서둘러 끝낸 무주댁은 만복이를 둘러업고 감골댁 집으로 갔다. 무주댁을 기다리고 있던 감골댁은 곧 집을 나섰다.

송 선생은 집에 있었다.

"어두운데 어쩐 걸음이시오? 어서 들어오시오."

송 선생은 그들을 스스럼없이 맞이했다. 그들이 '선생'이라고 불렀지만 그의 웃음 띤 얼굴은 스물대여섯 살밖에 안 되어 보였다. 한복 차림인 그는 상투머리가 아니었다. 방 안은 간소하고 조촐했다. 그러나 그 세간에는 대물림한 세월의 숨결이 흐르고 있었다.

"편히들 앉으시오."

송 선생이 자리를 잡으며 그들에게 자리를 권했다.

"저…… 어떤 철길 공사판에서 왜놈들허고 일꾼들이 패쌈을 벌여 사람이 죽고 상혔다는 소문인디, 혹여 거기가 어딘지 아시는지 싶어 요리……."

감골댁이 어렵게 말을 했다.

"아, 그 사건 말이구만요. 걱정하실 것 없구만요. 그것은 철도 공사장에서 일어난 패쌈이 아니고 저어 한양 근방하고 그 위쪽에서 일어난 일인게요."

송 선생이 부드럽게 웃었다.

"그 뭣이냐, 신문이란 것에 그리 적혔는게라우?"

감골댁은 좀 더 확실하게 알고자 했다.

"아 예, 신문에 그리 났구만요."

송 선생은 자리에서 일어나 벽장문을 옆으로 밀고 신문 뭉치를 들고 돌아섰다.

"여기 있구만요. 두 가지 사건인디, 걱정이 되시는 모양이니 내가 얘기해 드리지요."

송 선생은 촛대를 끌어다가 신문을 다시 살피기 시작했다.

감골댁과 무주댁은 서로 마주 보며 안도하는 얼굴이 되었다.

"첫 번째 사건은 경기도 시흥에서 벌어진 것으로, 왜놈들이 이민자를 모으는데 관청에서 끼어들어 행악질을 했어요. 관청이 왜놈들이 원하는 이민자를 강제로 뽑았고, 왜놈들이 이민 떠나는 사람들에게 주는 20원을 가로챘다 그것이구만요. 게다가 이민자가 생긴 동네마다 이민자 위로금이라 해서 백성들한테 돈을 거둬서는 그 돈까지 먹어 버렸구요. 그것을 알고 사람들이 들고일어났구만요. 수천 명이 군청으로 몰려갔는디, 군수는 외려 왜놈 군대를 끌어다가 사람들을 강제로 해산시키려 들었고, 분통이 터진 백성들이 왜놈 군대를 치받고 군청으로 쳐들어가 싸움이 벌어졌지요. 결국 군수와 왜놈 둘이 백성들 손에 맞아 죽었어요."

송 선생의 자상한 이야기였다.

"또 한바탕 갑오 난리가 일어났네."

무심결에 말을 해 놓고 감골댁은 그만 찔끔해져 송 선생을 후딱 쳐다보았다.

송 선생은 빙그레 웃으며 고개를 끄덕였다.

"또 한 사건은 평안도 곡산에서 왜놈들하고 조선 사람들 사이에서 터진 싸움이구만요. 왜놈들이 한양에서 신의주까지 놓는 경의선 철도 공사에 조선 사람들을 강제로 끌어다가 일을 시켰어요. 사람들을 끝없이 강제로 끌어가니 참다못한 사람들이 들고일어났는데, 왜놈들 앞잡이로 나선 조선 놈 하나가 맞아 죽었다고 되어 있어요."

송 선생은 들고 있던 신문을 한쪽으로 치웠다.《황성신문》이었다.

"선생님, 고맙구만이라우."

감골댁이 머리를 조아렸다. 무주댁도 따라서 고개를 깊이 숙였다.

"근디 저어…… 학교는 인제 안 여시는게라?"

감골댁이 조심스럽게 물었다.

"글쎄요…… 나라에서 사사로이 학교를 못 열게 허고, 법에 맞추자니 우리집 재산이 보잘것없고…… 형편이 그리되어 있구만요."

송 선생은 곤혹스러운 얼굴이 되었다.

막내 대근이가 학교에 다닐 가망이 영 없어지는 것 같아 감골댁은 한숨을 입에 물었다.

감골댁과 무주댁은 방을 나오면서도 맨발이 보이지 않도록 조심했다.

"참말로, 송 선생님은 언제 봐도 제대로 된 양반이오. 나이도 젊은디."

"하먼, 드물고 귀헌 진짜배기 양반이제."

감골댁은 어째서 사사롭게는 학교를 못 하게 막는지, 나라 법이 원망스럽기만 했다. 송 선생은 사랑채에 학교를 차려 공짜로 아이들을 가르쳤는데, 2년이 못 되어 억지로 문을 닫아야 했다. 대근이는 그 학교에 신바람 나게 다니다가 정처를 잃었다. 서너 달째 갈 곳이 없어진 대근이는 놀기도 지쳤는지 걸핏하면 학교에 보내 달라고 졸라 댔다. 10리 밖 김제에 버젓한 학교가 생겼지만 돈 한 푼 없는 처지로서는 그림의 떡일 뿐이었다.

"무주댁, 그 친정 동네에 어디 그닥잖은 신랑감 하나 없을랑가?"

감골댁은 그저 지나치듯 말을 꺼내 보았다.

"야아, 보름이가 나이가 다 찼제라?"

무주댁은 발 잘 맞춰 널뛰기하듯 제때 화답을 해 왔다.

"그렁마. 헌디, 땡전 한 닢 없으니 중신애비를 놓을 수도 없고, 그렇다고 처녀 귀신 만들 수도 없고, 이리 답답헐 수가 없단 말이시. 밥이나 안 굶고 살 자리만 있어도 좋겄는디."

"혼례비가 없어서 그렇지 보름이야 신붓감으로 어디 모자란 데가 있소? 인물 잘났제, 행실 바르제, 솜씨 엽렵허제, 어디 마땅헌 자리가 있는가 알아보도록 허겄구만이라."

"잉, 그래 주소. 불쌍헌 것 에미 애비를 잘못 만났으니……."

감골댁은 또 한숨을 토해 내며 고개를 젓혔다. 하늘에 별들이 돋아나고 있었다.

감골댁은 구름 낀 마음으로 이틀을 보냈다. 보름이 일은 마음을 단단히 작정했으므로 더 마음 무거울 게 없었지만 대근이의 학교 일이 마음에 구름을 일게 했다.

딸들이야 까막눈 신세를 면할 수 없다 해도 막내 대근이만은 눈을 틔워 주고 싶었다. 대근이가 제 말대로 장한 사람이 되기를 바라서가 아니었다. 세상은 무섭게 변해 가는데 무식은 면해야 사내로서 제 앞가림을 해 나갈 수 있으리라 싶었다. 그러나 그 작은 욕심마저 채울 길이 막막했다.

"감골댁, 인제 오요?"

뒤에서 부르는 소리에 감골댁은 고개를 돌렸다. 봉산댁이 환하게 웃으며 다가왔다.

"아이고 감골댁, 참 잘 생각혔소. 김 참봉도 너무 좋아라고 허드랑게로."

봉산댁은 곧 춤이라도 출 듯이 몸을 야단스레 놀리며 감골댁의 손을 덥석 잡았다.

"무슨 소리요, 시방?"

감골댁의 목소리가 쨍 울렸다. 그녀는 순간적으로 무언가 잘못 되었다는 것을 느끼며 봉산댁의 손을 뿌리쳤다.

"아니, 맘 정했다고 혀 놓고 어째 이려. 미쳤당가!"

얼굴이 차게 변한 봉산댁이 바락 소리쳤다.

"미친 것은 당신이여. 헛소리허는 당신이 미쳤제 내가 뭣이가 미쳐!"

감골댁이 맞받아 소리 질렀다.

"그럼 보름이헌티 말 일러 보낸 것은 누구여, 도깨비여 귀신이여?"

"보름이?"

그때서야 감골댁의 머리가 휘돌았다. 보름이가 일을 저지른 것이었다.

"감골댁이 딴소리혀도 소용없어. 당자가 맘 정헌 것잉게 끝난 일이여. 김 참봉헌티도 말 전했고."

봉산댁이 말뚝을 박고 들었다.

"뭣이 어찌고 어쩌! 내 목을 쳐도 안 돼야!"

감골댁은 부릅뜬 눈으로 봉산댁을 노려보며 이를 갈아붙이듯이 말을 내뱉고는, "내 그년 주둥이부터 찢어 놓고 말 것이여!" 하며 일부러 딸을 험하게 욕하며 획 돌아섰다.

감골댁의 서슬에 기가 질린 봉산댁은 고샅을 내닫고 있는 감골댁을 멍하니 바라보았다.

"엄니, 나 하나 그리 살면 집안이 다 필 것 아니겄소? 엄니허고 동생들이 편히 산다면 나 하나 고생은 아무치도 않소."

보름이가 느껴 울었다.

"미쳤냐? 새끼 팔아 배 채우는 부모 봤고, 언니 누님 팔아 호식허는 동생 봤냐? 느그 아부지가 저세상에서 피를 토헐 일이고, 느그 오빠가 타국서 환장허고 죽을 일이다. 그리허겄으면 내 목에 칼을 박고 그리혀라. 우린 굶어도 함께 굶고, 죽어도 함께 죽어야 헌다."

감골댁이 눈물 떨구며 결연하게 한 말이었다.

"엄니이—."

보름이가 어머니 품에 얼굴을 묻었다. 감골댁도 울었다. 정분이가 어머니의 팔을 붙들며 울음을 터뜨렸고, 수국이도 대근이도 어머니를 붙들며 울음을 터뜨렸다. 감골댁은 두 팔을 있는 대로 다 벌려 아이들을 싸안았다.

7

어떤 양반

들녘은 온통 황금빛으로 넘치고 있었다. 여름의 그 짙은 초록빛은 다 바래고 끝 간 데 없는 들녘은 금을 녹여 붓기라도 한 것처럼 황금빛에 물들어 있었다.

"자넨 요새도 글 읽고 사는 모양이시?"

정재규가 불쑥 물었다.

"세상이 뒤숭숭해 진서 읽을 마음은 없고, 신문이나 그저 읽고 사는 것이제."

송수익의 심드렁한 대꾸였다.

"그놈의 신문이란 물건을 열성으로 읽어서 뭘 허나?"

정재규는 코웃음을 흘렸다.

"무슨 소리여, 자네?"

송수익은 들녘으로 보내고 있던 눈길을 정재규에게로 돌렸다.

"벼슬 차고 앉은 양반님네들이 나라 말아 잡숫고 있는 판에 이런 촌구석에 박혀 날짜 지난 신문이나 뚫어지게 읽는다고 무슨 수가 생기겄나?"

정재규는 쓴웃음을 지었다.

송수익은 갓 그늘이 내려앉은 정재규의 얼굴을 유심히 바라보았다.

"김제 다 왔네. 뒤뚱뒤뚱허는 세상, 술이나 마시는 것이 속 편허네."

정재규는 잰걸음을 치기 시작했다.

해가 뉘엿뉘엿 지고 있었다. 석양빛에 펄럭이는 정재규의 비단 두루마기 자락을 보며 송수익은 마음이 추워졌다. 그를 찾아온 게 헛걸음이 될 것 같은 예감이 진해지고 있었다.

김제는 군산과 달리 아직 일본 사람들이 자리를 잡지는 않았다. 그러나 언제 김제까지 밀려들지 모를 일이었다. 군산이나 호남평야만이 아니라 조선 천지가 일본 사람들에게 야금야금 먹히고 있는 것을 생각하면 마치 자기 몸이 군데군데 잘려 나가는 것 같았다.

"자, 오랜만에 만났으니 걸판지게 마셔 보세."

정재규가 호기를 부리며 자리 잡았다.

"그러세, 술을 마신 지도 오래네."

송수익은 정재규의 호기를 맞받으며 껄껄 웃었지만 마음까지 흔쾌한 것은 아니었다.

"술상 들기 전에 소리나 한 자락 들으실랑게라우?"

기생어멈이 정재규를 보고 눈웃음을 쳤다.

"일없네. 우리 할 얘기가 있으니."

송수익은 얼른 말을 받았다.

"무슨 긴한 얘기가 있는 모양이시?"

기생어멈이 방을 나가자 정재규는 약간 긴장한 얼굴로 물었다.

"응……. 다름이 아니고, 자네하고 내가 힘을 합쳐 학교를 하나 세워 보면 어떨까 하네."

"학교?"

정재규는 흠칫 놀랐다.

"세상이 이렇게 뒤숭숭하고 어지러울 때 학교를 세워 신학문을 가르치는 것은 우리 젊은 사람들이 해 볼 만한 일 아니겠나? 돈이 좀 들겠지만 그래도 돈을 값지게 쓰는 일 아닌가?"

송수익은 절실한 심정으로 말했다.

"글쎄…… 그것이 한두 푼 드는 일도 아닐 것이고……."

정재규는 싫은 기색이 역력해진 얼굴로 짭짭 입맛을 다셨다.

“이 사람아, 그 많은 재산 다 어디다 쓰나? 좋은 일에 써야지.”

송수익은 마른침을 삼켰다.

“신학문은 양반 자제한테만 가르치나?”

“그래서야 쓰나? 모든 아이들을 공평하게 가르쳐야지.”

“무슨 소리여! 내 금싸라기 겉은 돈 퍼내 놓고 상것들이 더 치받고 들라고 공부를 가르쳐? 나 그런 짓 안 허네!”

정재규는 단호하게 잘라 버렸다.

“진정인가?”

“두말헐 것 없네.”

“우린 생각이 너무 다르구먼. 나 그만 가 봐야겠네.”

입을 꾹 다문 송수익이 몸을 일으켰다.

“아니 이 사람아, 어찌 그러는가?”

정재규의 눈이 휘둥그레졌다.

송수익은 빠른 걸음으로 김제를 벗어나며 떫게 웃고 있었다.

정재규가 물려받을 재산 가운데 반의반만 내놓으면 학교를 세울 수 있었다. 그러나 그는 장가를 들고, 아버지가 아파 대신 재산 관리를 하게 된 몇 년 동안 세상의 흐름과는 담을 쌓은 탐욕스럽고 지엄한 양반님네가 되어 있었다.

송수익은 외로웠다. 자신의 재산이라고는 논 40마지기가 고작이었다.

송수익은 동네 어귀에 있는 주막으로 들어섰다. 술 한잔 하지 않고는 집으로 들어갈 기분이 아니었다.

"아, 내게 그 재산만 있었더라도……."

송수익은 술 사발을 놓으며 탄식했다.

"재산을 더 모으려 허지 마라. 땅으로 재산을 모으는 것은 농부들의 살을 깎고 피를 빠는 일이다. 세상에 그보다 더 큰 죄가 어디 있느냐? 재산을 탐하면 마음이 썩는다. 마음이 썩으면 죄짓는 것을 무서워하지 않는다. 죄짓는 것을 무서워하지 않는 자가 어찌 바르게 살 수 있겠느냐? 재산을 탐하지 말고 바르게 살도록 마음을 가꾸기에 게을리하지 마라. 그것이 바른 사람의 길이고, 옳은 양반의 길이다."

송수익은 눈을 감았다. 아버지가 떠나신 뒤로 그 말씀을 지키며 살려 애써 왔다. 그런데 학교를 세우려는 뜻이 막히게 되자 불현듯 재산 많은 자가 부러워진 것이었다.

'그렇지, 탐욕이 크니 많은 재산을 모았을 것이고, 재산이 많은 만큼 마음이 썩었을 테니 좋은 일에 돈을 쓸 리가 없지.'

송수익은 고개를 끄덕이며 눈을 떴다.

"어허, 내 말을 믿으란 말이시. 소작은 틀림없이 삼칠제고, 종자 대금이고 세금이고 다 요시다 쪽에서 문당께로. 논값도 내가 20전씩 더 받게 만든 것 아닌가?"

밖에서 들려온 소리였다. 송수익은 술을 따르다 말고 밖으로 귀를 기울였다. 그러나 대꾸하는 말은 잘 들리지 않았다.

"이 사람아, 왜놈이라고 다 거짓말허간디? 그것이 거짓말이면 내 손가락에 장을 지짐세. 어떤가, 내일 거래 마치드라고 잉."

송수익은 자리를 차고 일어나 마루로 나섰다.

"아, 아니, 선생님 어쩐 일이신게라우?"

한 남자가 송수익을 알아보며 몸을 일으켰다.

"아, 아랫말 이 서방 아니시오?"

송수익도 그 남자를 알아보았다.

"듣자 허니 이 서방 논을 팔라고 허는 모양인디, 어쩔 생각이오?"

송수익은 다른 한 남자를 묵살해 버린 채 이 서방에게 바로 물었다.

"글쎄요…… 별로 맘에 없는디 자꾸 팔라고 해 싸서 당최 이 거……."

이 서방은 말을 어물거리며 뒷머리를 긁적였다.

"당신 누구여! 당신이 뭔디 남 일에 끼어들어?"

버럭 소리 지르며 몸을 일으킨 남자가 송수익에게 삿대질을 했다.

"나 송수익이라는 사람이오. 댁은 뉘시오?"

"허! 논을 못 팔게 헐라고 그러는 모양인디, 공연히 남 일에 훼방 놓다가는 안 좋은 일 당헐 것잉마."

그 남자는 술기운인지 어쩐지 불량기를 피워 내며 거침없이 소리를 질렀다.

"이런 못된 놈아, 왜놈 앞잡이질이나 해 먹는 놈이 뭐가 잘났다고 주둥아리를 놀리느냐? 이놈아, 당장 앞으로 나서라! 마당에 패대기를 치고 말 것이다."

송수익의 호령이었다. 정말 패대기를 치려는 듯 두루마기를 벗어젖히고 있었다.

"아, 얼른 가시오 얼른. 여기가 어디라고 눈치 없이 나대고 그렁게라?"

주모가 그 남자의 팔을 마구 잡아끌었다. 그 남자는 송수익의 서슬에 기가 질렸는지 더는 군소리가 없이 토방을 내려섰다.

"헹, 양반 위세가 얼마나 큰지 어디 두고 보드라고 잉."

그 남자가 어둠이 짙어진 사립 밖으로 나서며 큰 소리로 내뱉었다.

송수익은 어둠 속에 희붐하게 드러나는 들길을 밟으며 가슴이 답답했다. 날이 갈수록 위로는 정치권력이 왜놈들 손아귀에 쥐어 잡히고 아래로는 땅이 왜놈들 손으로 넘어가고 있었다. 국권과 국토를 동시에 잃는 풍전등화…… 그는 신음을 씹었다.

왜놈 앞잡이는 주막에서 술을 받아 주면서까지 논을 팔라고 꾀고 있었다. 그자는 일진회를 결성한 송병준이나 이용구에 비하면 좀벌레에 지나지 않았다. 그러나 그 좀벌레가 한두 마리가 아니라 수십 마리 수백 마리인 것이 문제였다.

송수익은 간밤에 잠을 설쳐 무지근한 몸으로 오전을 보내고 있었다. 그는 신문을 뒤적거리면서도 학교 세울 궁리에 빠져 있었다.

"여기가 송수익이 집이제? 송수익이 어딨어, 당장 나와!"

밖에서 들려온 외침이었다. 송수익은 허리를 곧추세웠다. 불쾌감과 함께 불길함이 밀려왔다. 누가 자기 이름을 그렇게 마구잡이로 불러 대는 호령을 당하기는 처음이었다.

송수익은 자리를 차고 일어났다.

"감히 어떤 놈이냐!"

방문을 열어젖히며 호령하는 송수익의 굵은 목소리가 쿠렁하게 울려 퍼졌다.

마루로 나선 송수익의 눈에 잡힌 것은 일본 헌병 둘과 통변이 분명한 조선 놈 하나였다.

"당신이 송수익이여?"

고개를 치켜든 통변의 말이었다.

"너 이놈, 어디다가 입을 함부로 놀리느냐!"

송수익이 팔을 쭉 펼치며 고함을 질렀다.

"힝! 죄진 양반도 양반이여? 죄인헌티 존대 쓰는 법 없는겨."

통변은 코웃음을 치며 두 헌병에게 고갯짓을 했다. 장총을 든 두 헌병이 구둣발인 채 마루로 뛰어올랐다.

"이놈들아, 물러서!"

송수익이 고함을 질렀다. 그의 부릅뜬 눈이 이글이글 타고 있었다.

주춤하던 두 헌병이 달려들었다. 그는 한 헌병의 가슴을 떠다밀었다. 기습을 당한 헌병은 비틀거렸다.

"바까야로!"

다른 헌병이 소리치며 총 끝으로 송수익의 배를 찔렀다.

"윽!"

송수익은 막힌 소리를 토하며 허리를 접었다.

그때 몸을 바로잡은 첫 번째 헌병이 개머리판으로 송수익의 어깻죽지를 내리쳤다. 송수익은 다시 신음을 토하며 마루에 푹 고꾸라졌다.

"아이고 서방님, 서방님!"

그때서야 안채 쪽에서 쫓아 나온 머슴이 정신없이 달려들었다.

"바까야로!"

헌병 하나가 소리치며 머슴의 옆구리를 걷어찼다. 머슴은 눈이 희게 뒤집어지며 댓돌 옆에 나동그라졌다. 그러는 사이 다른 헌병이 송수익의 두 팔을 뒤로 모아 쇠고랑을 채웠다.

송수익은 반항하려 했지만 배가 비비 틀려 기운을 쓸 수 없었다.

그때까지 비식이 웃으며 구경만 하고 있던 통변이 입을 열었다.

"송수익이, 인제 가 보드라고 잉."

송수익은 이빨을 악물며 그대로 엎드려 있었다. 헌병 놈들보다 통변에게 더 강한 증오가 일었다.

송수익이 동네를 벗어날 즈음 동네 사람들이 그의 쇠고랑 찬 뒷모습을 지켜보고 있었다.

들길을 5리쯤 걷고서야 송수익은 허리를 제대로 펼 수 있었다.

송수익은 정재규를 생각했다. 술자리를 거절한 것을 그가 모독으로 받아들였다 해도 주재소에 어떤 모함을 했을 것 같지는 않았다. 정재규가 그렇게까지 나쁜 사람이라고는 생각되지 않았다.

송수익은 아무리 생각해도 자신이 왜 쇠고랑을 찼는지 알 수가 없었다.

"당신 언제부터 동학 잔당과 내통해 왔어?"

이름을 확인하고 난 주재소장의 첫 물음이었다.

송수익은 자신이 엉뚱한 덫에 차이고 있음을 직감했다. '동학 잔당과 내통'은 곧 목숨과 맞바꾸는 죄목이었다. 그는 어금니를 맞물며 정신을 가다듬었다.

"그런 일 추호도 없다."

"잔소리 마라! 우린 증거를 다 가지고 있어."

주재소장은 카랑하게 째지는 소리를 지르며 굵은 막대기로 책상을 내리쳤다.

"난 조선 사람이다. 왜놈한테는 아무 대답도 하지 않겠다."

"뭐라고? 왜놈! 이 자식이 어디다 대고 그따위 말버릇이야. 양반이라고 점잖게 대해 줬더니 이거 영 틀려먹은 놈이로구만!"

화가 치민 주재소장이 책상을 내리쳤다. 그러나 송수익은 미동도 하지 않았다.

통변이 송수익의 머리카락을 움켜잡아 고개를 뒤로 젖혔다.

"언제부터 동학당과 내통했냐니까!"

주재소장의 얼굴은 험상궂게 변해 있었다. 송수익은 눈을 감아 버렸다.

"이 자식아, 뼈가 부러지게 맞아야 정신 차리겠나!"

주재소장은 또 책상을 내리쳤다. 여전히 송수익은 눈을 뜨지 않았다.

"이놈 이거 악질이로구만. 다른 일 바쁘니까 우선 갖다 처넣어."

주재소장이 침을 내뱉었다.

유치장에 갇힌 송수익은 아무리 생각해도 누가 모함을 했는지 짐작이 가지 않았다. '동학과의 내통'이라고 하니 정재규는 더더욱 아니었다.

그는 동학에 대해서 생각했다. 지난번 일진회 결성에 이용구가 앞에 나섬으로써 동학은 완전히 반으로 갈라지고 말았다. 한때 동학군 장수였던 이용구가 변절해 경의선 철도 공사에 북쪽 동학도들을 20만 넘게 동원하면서 동학은 반 동강이 났고, 민심마저 잃었다. 이제 이용구가 일진회의 거두가 되었으니 그 영향력

아래 있는 동학도들은 고스란히 일진회 회원이 될 수밖에 없었다. 북쪽의 동학은 더 이상 동학일 수 없었다. 그나마 뿌리가 남은 것은 남쪽이었다. 나라가 망하자니 이용구 같은 흉물이 나타나 동학의 정신을 정반대로 뒤집어 이용해 먹는 변고까지 생기고 있었다.

"송수익, 일어나. 얼른 일어나랑게."

그는 눈을 껌벅였다. 잠이 안 오던 밤이 어느새 밝아 있었다.

"당신네 문중을 봐서 이번엔 특별히 눈감아 주기로 했소. 앞으론 일본 사람들이 하는 일을 방해하지 마시오. 그건 동학당이나 마찬가지 짓이오."

주재소장의 말이었다.

'뭐라고!'

그때서야 어젯밤 주막에서의 일이 퍼뜩 떠올랐다. 그 신속함에 그는 온몸이 저릿거리는 전율을 느꼈다. 논을 사들이는 왜놈들은 그저 돈 많은 개인이 아니었다. 주재소가 조직적으로 그놈들을 비호하고 있는 것이었다. 그 사실을 뒤늦게 깨달으며 그는 절망에 빠졌다.

송수익은 주재소를 나와서야 문중 회의가 열렸다는 것을 알았다. 문중의 압력으로 쉽게 풀려나긴 했지만 기분이 영 찜찜했다.

'여기는 이제 내 나라, 내 땅이 아니로구나…….'

집으로 발길을 돌리는 송수익의 심정은 비감할 뿐이었다.

해가 기울면서 집집마다 파란 연기가 피어올랐다. 매캐하고도 쌉싸름한 연기 냄새가 땅바닥을 기며 퍼지고 있었다.

땅거미를 밟으며 건장한 체구의 남자가 마을로 들어섰다. 작은 보따리를 하나 달랑 든 그 남자의 행색은 남루했다. 철 지난 삼베옷은 낡을 대로 낡아 흐물거렸고, 짚신에는 칡넝쿨을 둘러 묶고 있었다. 보따리 대신 바가지를 들었더라면 영락없는 거렁뱅이였다.

"만복아아— 마안복아아—."

철도 공사장에서 돌아온 지삼출이었다.

지삼출의 목소리를 먼저 알아들은 것은 그의 아내가 아니라 감골댁이었다. 그의 집은 아직 멀었고, 집이 가까운 감골댁의 귀에 그의 목소리가 먼저 잡혔던 것이다.

"아이고, 자네, 자네, 만복이 아범 아니라고!"

허둥지둥 사립 밖으로 뛰쳐나오는 감골댁의 반가움에 겨운 외침이었다.

"아이고 아줌니, 어찌 지내셨는게라우!"

아들을 부르느라 정신이 없던 지삼출도 감골댁을 보자 금방 얼싸안을 듯이 반가워했다.

"이, 자네 몸이나 성헌가, 몸이나 성헌가……?"

감골댁은 지삼출의 몸을 쓰다듬는 것처럼 손짓하며 눈에 눈물이 그렁그렁 고였다.

"몸이야 성허고말고라."

지삼출은 보란 듯 가슴을 쫙 펴 보였다. 그의 검게 그을은 얼굴이 넉넉하게 웃고 있었다.

"그간 얼마나 고생이 심혔능가……?"

고개를 떨구는 감골댁의 눈에서 눈물이 주르륵 흘러내렸다.

"고생은 무슨 고생이다요. 영근이헌티는 소식 왔능게라?"

지삼출은 얼른 말머리를 돌렸다.

감골댁은 그저 고개를 저었다.

"아니, 소식이 없다는 말인게라우?"

감골댁이 고개를 끄덕였다.

"그거이 어쩐 일이당가요?"

"다 무소식이 희소식이제."

감골댁이 눈물을 훔치며 겨우 대답했다.

"이러고 있을 일이 아니시. 그간 무주댁 가슴이 숯 다 되었네. 어여 집으로 가세."

감골댁은 앞서 발길을 잡았다.

지삼출이 돌아왔다는 소식은 금방 퍼졌다. 그가 그토록 소리를 지르며 고샅을 누볐으니 소문이 안 퍼질 수 없었다.

지삼출은 숟가락을 놓기도 전에 서너 사람이 몰려드는 바람에 동네 사랑방으로 행차하지 않을 수 없었다.

사랑방에 네댓 명이 빼곡하게 모여 앉았다. 술동이가 방 가운데 놓여 있고 술동이에는 조롱박이 하나 떠 있었다. 술동이 옆에는 김치가 봉우리를 이룬 사발이 있었다.

"자, 오늘이야 삼출이가 진객이니까 나이는 다 접어 두고 삼출이부터 쭈욱 한 잔!"

나서기 좋아한다고 '초라니'라는 별명을 가진 임덕구가 조롱박에 막걸리를 넘치게 떠서 지삼출에게 건넸다.

"그간 얼마나 고생혔능가? 어여 들어."

지삼출보다 서너 살쯤 많아 보이는 남자가 웃음으로 술을 권했다.

지삼출이 조롱박을 기울여 술을 마시기 시작했다. 술이 넘어갈 때마다 툭 튀어나온 목울대가 꿀럭꿀럭 소리를 내며 오르내렸다.

"맛나게도 마시네. 그간 술 한 모금 못 얻어먹고 살았나 보네."

큰 눈이 툭 튀어나와 왕방울이란 별명이 붙은 주성춘이 눈을 껌벅이며 혀를 찼다.

"아이고, 삼출이가 짠해서 저 왕방울 눈에 눈물 맺히겄다. 술독에 눈물 떨어지면 술 짜지는디 뒤로 나앉어."

것지르고 대지르는 말에 이골 난 손판석의 말이었다. 그는 성질이 강하고 고집이 세서 '판석'이가 아니라 '돌석'이라고 불렸다.

"어, 시원허다!"

입을 한 번도 떼지 않고 조롱박을 다 비운 지삼출이 숨을 토해냈다.

조롱박은 나이 순으로 돌아가고 조롱박을 따라 정이 오갔다.

"철길이 다 됐응게 우리도 인제 신식으로 살게 될랑가? 자네 생각은 어쩐가, 삼출이."

임덕구가 술기운 도는 눈으로 지삼출을 보았다.

"그거 다 왜놈들이 지어낸 헛소리고, 넋 빠진 조선 놈들이 맞장구치는 소리여. 철길이야 왜놈 발에 발통 달아 준 것이고, 우리 헌티는 손해가 났으면 났지 아무 이문 없는 일이네."

지삼출의 대답은 냉담했다.

"그거이 무슨 소리당가?"

아랫목에 앉은 남자가 관심을 드러냈다.

"우선 왜놈들이 기차를 공짜로 태워 주는 것이 아닝게 왜놈들 돈벌이 시켜 주는 것이고, 또 왜놈들이 철길을 이 나라 뺏는 일에 써먹게 된다 그것이오."

"철길이 총이간디, 그리 써먹게?"

주성춘이 큰 눈을 껌벅껌벅했다.

"답답허시. 철길을 사방팔방으로 깔아 놓고 즈그 군대를 빠르게 실어 나르고, 즈그가 좋아허는 물자 모아 일본으로 실어 가게 될 것이다 그 말이여."

방 안 사람들은 모두가 긴장했다.

"그거이 자네 혼자 생각이여?"

손판석이 정색을 하고 물었다.

"아니시, 나도 공사판서 듣고 그 속을 알었구만."

"하먼. 송 선생도 잡아가는 판에 더 말헐 것이 없네. 다들 속으로만 알아 두소."

아랫목의 남자가 좌중을 훑어보았다.

지삼출은 사람들이 묻는 대로 공사판의 이런저런 일들을 이야기했다. 어느덧 밤이 깊었다.

"술 더 나오기는 틀렸고, 삼출이 마누라헌티 미움 사기 전에 삼출이 그만 보내드라고."

손판석이 자리를 털고 일어나자 모두 그 뒤를 따랐다.

"자네 일진회라는 것 모르제?"

단둘이가 되자 손판석이 말을 꺼냈다.

"일진회?"

지삼출은 어둠 속에서 손판석을 바라보았다.

"이런저런 좋은 일을 헌다는디, 그중에서도 제일 맘에 드는 것이 백성 못살게 괴롭히는 악질 관리허고 양반을 쳐 없앤다는 것이네. 자네 맘에는 어떤가?"

"어디서 꾸미는 단체인디 그런 소리를 맘 놓고 허는고?"

지삼출은 가슴이 푸득 떨리면서 갑오년 그때가 확 다가들었다.

"거 뭣이냐, 일본 영사관서 뒤를 받쳐 준다고 허데. 든든허지 않은가?"

지삼출은 깜짝 놀랐다.

'왜놈 영사관이 그런 짓을 허고 나서?'

"낼 날이 밝으면 더 생각혀 보세. 내가 시방 너무 고단허시."

"더 생각허고 말고도 없네. 못된 관리허고 양반을 쳐 없애면 얼마나 속 시원허겄는가?"

손판석이의 들뜬 듯한 목소리였다.

잠을 깨자 손판석의 말이 머릿속에 가득했다. 지삼출은 일진회가 무엇이며, 일본 영사관이 왜 그런 짓을 시키는지 골똘히 생각하다 송 선생을 찾아가 보기로 했다.

"그런 말에 속아 넘어가서는 안 되오. 일진회는 왜놈들의 앞잡이 단체요."

송 선생의 분명한 말이었다.

"그런디 어째서 그런 말을 내걸고 그러는 게라우?"

지삼출은 좀 더 앞으로 다가앉았다.

"일진회를 만들면서 그자들이 내건 4대 강령이 있소. 첫째가 왕실의 존중, 둘째가 백성의 생명과 재산 보호, 셋째가 시정 개정, 넷째가 군정과 재정의 정리요. 첫째와 둘째는 쉬운 말이고, 셋째는 백성을 위해 잘못된 관청 일을 고친다는 뜻이고, 넷째는 군대 살림과 나라 살림을 바로잡는다는 뜻이오. 왜놈들 앞잡이 노릇 하겠다는 말은 눈을 씻고 봐도 없고 다 백성들이 바라는 것만 골라냈소. 왜 그랬겠소? 백성들이 왜놈을 싫어하는 판에 앞잡이로 나섰다가는 몰매 맞아 죽게 생겼으니 악질 관리에 양반을 쳐 없앤다는 말로 사람들을 속여 회원으로 끌어들이려는 것이오. 그게 다 못되게 영리한 왜놈들이 하는 짓이오."

"그러니 선생님겉이 유식헌 분이나 그 속을 알제 무식헌 사람들이야 그 말에 속아 넘어가지 않겄는가요?"

"참 어지러운 세상이오. 왜놈 장사치들은 날로 늘고, 철도는 완성되고, 일진회 놈들은 날뛰고, 할 말은 못 하게 되고……. 무슨 도리가 없는 세상이 돼 가고 있소……."

송수익의 한숨은 진하고 길었다.

두 사람 사이에는 더 말이 오가지 않았다.

8

겨울 들녘

해거름이 되면서 한 집 두 집 연기가 피어오르기 시작했다. 며칠째 추웠던 뒤끝을 짓듯이 흐린 하늘에서 희끗희끗 눈발이 날렸다.

"방도 다 식었는디 불 좀 때거라."

감골댁의 목소리에는 진한 시름이 묻어 있었다.

해진 옷을 깁고 있던 보름이는 일감을 방구석으로 밀어 놓고 마루로 나섰다.

"음마, 눈이 오네!"

어둠살이 느껴지는 하늘에서 눈송이가 탐스럽게 내리고 있었다.

'저것이 다 쌀이라면 얼마나 좋을까…….'

보름이는 부질없는 생각에 더 마음이 무거워지며 부엌 문지방을 넘어섰다. 쌀독이 빈 것처럼 부엌도 썰렁했다.

보름이는 밥을 짓는 것처럼 솥뚜껑을 소리 내서 열고 물동이에서 물을 퍼다 부었다. 그러고는 짚단을 끌어다 불을 지폈다. 짚단도 얼마 남아 있지 않았다.

'온 식구가 이러고 사느니 차라리…….'

또 그 생각이 불현듯 떠올랐다.

"배 쫄쫄 곯으면서 체면 차릴라고 솥뚜껑 소리 나게 열었다 닫았다 허다가 기운 더 빠지겄네."

정분이가 부엌으로 들어서며 내뱉었다.

"아이고, 누가 들으면 어쩔라고 그러냐?"

보름이가 동생을 보며 질색을 했다.

밥을 끓이지 못하면서도 끼니때에 맞춰 연기를 피우거나 설거지 소리를 내는 것은 그저 체면치레를 하자는 것만이 아니었다. 이웃의 마음을 불편하게 하지 않으려는 예절이었다.

"저녁도 굶기면 대근이가 눈 뒤집을 것인디 시래기 나물이라도 무치면 어쩐가?"

"그리혀서는 안 되는디…… 겨울이 아직 멀었응게……."

보름이는 커다란 바윗덩이를 떠미는 심정으로 힘겹게 동생의 말을 막아 냈다.

시래기도 이제 몇 두름 남아 있지 않았다. 동생의 말대로 시래기 나물이나마 무칠 수 없는 것이 보름이는 언니로서 면목 없고 속 쓰릴 뿐이었다.

솥전에 물방울이 굴러 내렸다. 보름이는 손에 쥐고 있던 한 움큼의 짚마저 아껴 뒤로 밀쳐 놓으며 동생에게 일렀다.

"얼른 사발 챙겨라."

뜨거운 물을 한 사발씩 마시는 게 저녁밥이었다.

어두워지면서 눈이 더 많이 내렸다. 남자들이 머리에 눈꽃을 이고 하나둘 사랑방으로 모여들었다.

"어허, 올 농사 풍년 들랑가, 눈이 아주 푸지시."

왕방울 주성춘이 방문을 열며 방 안 사람들에게 인사 삼아 말했다. 그는 반쯤 짠 짚신을 들고 있었다. 그들은 사랑방에 모일 때 제각기 잔일거리 가져오는 것을 잊지 않았다.

"눈 푸지게 와서 풍년 들면 속 터질 사람 많응게 내놓고 풍년 좋아허지 못허는 세상이시."

손판석이 떨떠름하게 말했다.

"무슨 소리여?"

지삼출이 눈을 껌벅거렸다.

"무슨 소리는? 논 팔아먹은 사람들은 풍년 들면 속이 얼마나 쓰리겄능가?"

지삼출은 무심한 듯 그저 고개만 끄덕였다.

"어째서 초라니가 안 오는고? 밥 굶고 누운 것 아닐랑가?"

주성춘이 고개를 갸웃거리며 사람들을 둘러보았다.

"어허, 이놈의 눈에 노루고 퇴깽이고 심심찮게 저승길로 가겄네."

그때 문밖에서 들려온 소리였다.

"허, 호랭이가 지 말 헝게 딱 오네그려."

손판석이 무릎을 쳤다.

"그러면 내 흉을 꼬시게 봤든 거 아니여? 안 그래도 오면서 귓속이 간질간질 해 쌓등마."

초라니 임덕구가 방문을 열며 으름장 놓는 시늉을 했다. 눈을 뒤집어쓴 그는 무슨 그물 같은 것을 들고 있었다.

"어쩐 그물이여?"

주성춘이 왕방울 눈을 더 크게 떴다.

"왕방울 눈 뒀다 뭐혀? 척 보면 삼천 리제. 눈 오지게 오는 밤에 썩는 내 나는 사랑방에서 쓴 담배만 꼬실릴 참이여? 우리 아까운 양식 훔쳐 먹고 살찐 참새 새끼 사냥 나서야제."

임덕구가 어떠냐는 듯 방 안의 사람들을 둘러보았다.

"어허, 저 초라니가 살림꾼이랑게."

"참새 새끼들이 자울를라면 아직 멀었응게 앉기나 허소."

지삼출이 곰방대에 담배를 욱여넣으며 자리를 좁혀 앉았다.

눈 오는 밤에 참새 몰이는 제격이었다. 기름 자르르 흐르는 참새구이를 소금에 꾹꾹 찍어 찬 막걸리를 한 사발씩 쭈욱쭉 비우는 시원함이란 겨울 사랑방의 더할 수 없는 맛이었다.

"그런디, 금산사 미륵불이 통곡혔다는 소문 들었능가?"

임덕구가 자리에 앉자마자 꺼낸 말이었다.

"그 무슨 흉헌 소문이당가?"

아랫목의 나이 든 축에서 물었다.

"보름 전 밤에 요상스런 곡성이 들리드랑마요. 그 울음소리에 중들이 다 잠을 깼는디, 무섬증이 일어 아무도 바깥으로 나가지 못혔다등마요. 그런디 그 곡성이 사흘 밤을 내리 울리면서 자꾸 커지드래여. 사흘째 되는 밤에서야 주지 스님이 알아냈는디, 그 곡성은 미륵불이 운 거라고 허드랑게요. 날이 새고 봉께 미륵불 얼굴에 눈물 흐른 자국도 있드랑마요."

이야기를 끝낸 임덕구의 얼굴에는 두려운 빛이 드러났다.

"임진란 나기 전에도 그 미륵불이 곡성을 냈다고 안 그러등가."

손판석의 말이었다.

"왜놈들이 저리 설레발을 치는디, 그 영험 많은 미륵불이 가만히 있겄어?"

지삼출의 말이었다.

흐린 관솔불 빛으로 어둠침침한 방 안이 더욱 어두워지는 것 같았다.

"탈 나는 것이야 그때 일이고 오늘 밤엔 참새 새끼나 사냥혀야 할 것 아니드라고?"

임덕구가 그물을 집어 들며 방 안의 우울한 분위기를 휘저었다.

그들은 곧 참새 몰이를 나섰다. 다들 눈을 맞으며 대밭을 찾아 잰걸음질을 쳤다.

"자네 건너말 동식이허고 봉두가 일진회에 든 것 아는가?"

손판석이 지삼출 옆으로 붙어 서며 물었다.

"모르는디. 거기 들면 못쓴다는 걸 몰랐능가?"

지삼출이 놀라 되물었다.

"이, 그 사람들도 속은 것이등마."

"그럼 얼른 발을 빼야제."

"자네 속 편허시. 한번 발을 들여놓으면 지 맘대로 못 헌디여."

"허허 그 사람들 탈 났네그랴."

"우리야 송 선생 덕에 재수 좋게 피했는디, 속은 사람이 한둘이 아니시."

두 사람은 한동안 말없이 걸었다.

"대밭 다 왔응게 두 패로 가르드라고. 새를 쫒을 때까지는 숨도 쉬지 말고 잉."

임덕구가 목소리를 한껏 낮추어 속삭이듯이 말했다.

두 패로 갈린 그들은 대밭으로 다가갔다. 뽀드득 뽀드득 눈 밟는 소리만 어둠을 간질였다. 대밭이 가까워지자 대나무 잎 서걱거리는 소리가 무슨 슬픈 흐느낌처럼 흘렀다.

새 몰이 쪽에 낀 지삼출은 대숲 우는 소리를 들으며 찬 공기를

가슴 가득 들이켰다. 대숲에 가까이 설 때마다 그는 색깔 푸르른 대창을 꼬나들고 나섰던 그날의 가슴 뜨거움이 되살아났다. 흰옷 입은 농군들이 손에 손에 대창을 꼬나 잡고 함성을 지르며 앞으로 나아갈 때 무서움이라고는 아예 없었다. 그저 새 세상을 향해 뻗쳐오르는 힘뿐이었다.

대밭 저쪽에서 불빛이 반짝반짝했다. 그물을 다 쳤다고 부싯돌을 치는 것이었다. 그 신호에 따라 세 사람은 대밭으로 뛰어들어 막대기로 대나무를 마구 후려쳤다. 참새들이 짹짹거리고 푸득거리며 날기 시작했다. 신바람이 난 세 사람은 더욱 거칠게 대나무를 후려치며 새를 몰았다. 댓잎에 얹혔던 눈덩이가 머리로 쏟아졌다.

저쪽에서 횃불을 두 개 밝혔다. 미리 준비한 짚 묶음에 성냥을 그은 것이었다.

"얼른 모가지 비틀드라고. 한 사람 앞에 열 마리는 먹게 될랑가?"

임덕구가 신바람 나게 외치고 있었다.

설을 고비로 추위가 고개를 떨구었다. 가난한 사람들은 초라한 설상을 조상 앞에 차려 놓고 절을 올리면서도 고마운 마음을 가졌다. 설을 쇠는 것으로 춥고 배고픈 겨울을 무사하게 나게 되었다고 안도하는 때문이었다.

정월 대보름이 지나면서 소작인들은 서로 눈치를 살피며 마음이 바빠졌다. 혹시 소작을 떼이지나 않을까, 좀 더 좋은 논을 얻어 부칠 수 없을까 해서 지주네 집 문간을 얼씬거리고 마름을 찾아다니고 했다.

몇 년 전부터 새로 생겨난 변화였다. 그전에는 소작을 떼이거나 작인이 바뀌는 일은 거의 없었다. 작인 집에서 무슨 변을 당해 큰 일손인 가장을 잃으면 지주는 논을 거둬들였다. 그리고 작인이 게을러 수확이 많이 줄거나, 타작 때 눈속임을 하다 들켜도 소작을 떼였다. 그런 경우 말고는 소작은 계속 이어 부치게 마련이었다. 그런데 일본 사람들이 논을 사들이면서 소작인이 자꾸만 새로 생겨났다. 논을 판 사람들이 소작논을 구하다 보니 다른 소작인들은 불안하지 않을 수 없었다.

그동안 닥치는 대로 논을 사들여 온 농장의 지배인 요시다의 사무실 앞에는 날마다 사람들이 모여들었다. 모두가 논을 팔아넘기고 나서 소작을 얻으러 온 사람들이었다.

"어이 보소, 농사 비용허고 세금을 작인헌티 물린다는 말이 참말이랑가?"

"아니, 인제 와서 그게 될 소리여? 우리 논 사들이면서 농사 비용이고 세금이고 다 즈그들이 문다고 쌔가 닳게 얘기 안 혔다고?"

다른 남자가 말을 받았다.

"어째서 한 입으로 두말허냐고 모두 따져야 헌당게라."

"어허, 소작 안 부치려면 그만두라고 배짱으로 나오는디 뭐라고 더 따지고 들겄소? 나를 속였으니 땅을 물러 달라면서 돈을 착 내놓기 전에야 그놈들이 칼자루 쥔 것 아니겄소?"

또 다른 남자가 말을 받고 나섰다.

"하 이거 사람 환장헐 일이시."

맨 처음 말을 꺼낸 남자가 고개를 젖혀 한숨을 토해 냈다.

"이 많은 사람이 왜놈 하나헌티 당혀서야 쓰겄소? 다 나서서 버르장머리를 고쳐야제."

"아니, 시방 술 취혀서 허는 소리다요? 요시다라는 놈은 뒤에 주재소를 짊어지고 있단 말이시."

두 번째로 말을 받았던 남자가 떫은 입맛을 다셨다.

"귀신 씻나락 까먹는 소리는 허지 말어. 아무도 말릴 사람 없응게 삼칠제가 싫으면 반타작허는 조선 지주를 찾아가랑게. 당신 아니라도 소작 달라는 사람이 줄을 선 판이여."

요시다 바로 밑에서 다른 조선 고용인들을 부리고 있는 이동만이 자신만만하게 하는 말이었다. 그가 내세우는 삼칠제 조건 앞에서 소작논을 얻으려는 사람들은 더 할 말이 없었다. 삼칠제는 분명 조선 지주들의 반타작보다 나은 조건이었다. 그러나 상답을 얻지 못하고 갯논을 소작할 사람들은 그대로 굶어 죽을 판이었다.

"때리는 시엄니보다 말리는 시누가 더 밉다고 요시다보다 이동만이 그놈이 더 밉당게."

"그놈 놀아나는 꼬라지를 보자니께 천불이 일어 피가 다 마르겄네."

"그런 놈이 바로 염병을 내리 삼대를 앓음서 땀 못 내고 뒤질 놈이제."

사람들이 끼리끼리 모여 입을 맞추는 험담이었다.

이동만은 그런 험담들을 아는지 모르는지 그 기세가 날로 더해 갔다. 이동만은 낮보다는 늦은 밤이나 이른 새벽이 더 바빴다. 남들 눈을 피해 사람들이 찾아오기 때문이었다.

"주무실 것인디 늦게 찾아와서……. 얼른 한 말씀만 드리고 가겄구만이라우."

이동만 앞에 머리 조아리는 사람들은 잔뜩 기죽어 있게 마련이었다.

"무슨 말일랑가?"

다리를 꼬고 앉아 눈을 내리뜬 이동만은 양반의 지체에 어울리도록 거만하고 냉정했다.

"저기…… 지헌티 소작을 상답으로 내려 주십사 허고……."

"상답? 그것이 어디 내 맘대로 되는 일이간디……?"

"아이고, 그거야 어르신 맘먹기에 달린 것을 세상이 다 아능마요. 누구헌티 줘도 줄 소작잉께 지헌티 내려 주시면……."

'어르신'이란 호칭을 들으며 이동만은 그 호칭에 걸맞게 끄응 된소리를 냈다. 그런 그의 근엄한 모습은 요시다 앞에서와는 딴판이었다.

"알었응게 가 보소. 나 몸이 곤허시."

이동만은 한 사람을 오래 만나지 않았다. 누가 또 찾아올지 모르기 때문이었다.

빈손으로 찾아오는 사람은 하나도 없었다. 저녁 어둠에 몸을 감추고 찾아오는 사람이거나 새벽 어둠을 틈타 찾아드는 사람이거나 한 가지 물건은 다 내놓고 갔다.

그의 집에서는 닭을 자주 잡게 되었고, 아이들에게 생달걀로 밥을 비벼 먹이는 게 예사였으며, 아이들은 조청보다 꿀이 더 맛있다고 입맛을 가리게 되어 갔다.

이동만은 아침마다 아내의 방글거리는 웃음과 아이들의 공손한 인사를 받으며 집을 나서는 게 더없이 행복했다. 그는 이런저런 계획이 많았다. 널찍한 집을 장만하고, 아이들 신식 공부도 시키고, 재산도 남부럽지 않게 지녀야 했다. 그런 생각에 빠진 그는 주위의 눈총 따위는 아랑곳하지 않았다. 오로지 요시다에게 더욱 신용을 얻을 수 있도록 애쓸 뿐이었다.

"이 상, 만경 정가의 기한이 언제요?"

요시다가 책상에 다리를 내뻗은 채 물었다.

"예, 모레구만요."

이동만은 지체 없이 대답했다.

"그자가 돈을 제대로 갚을 것 같소?"

"논을 팔기 전에는 어려울 텐데, 아직 논 팔았다는 소식은 못 들었습니다."

"이 상이 잘못 알고 있는 것 아니오?"

요시다는 눈동자만 굴려 이동만을 빤히 바라보았다.

"그쪽에 확실한 선을 대 놓고 있습니다. 믿으셔도 됩니다."

이동만은 자신 있게 대답했다. 그렇게 주저 없이 말하는 건 그쪽에 배치해 둔 사람을 믿기 때문만이 아니었다. 그는 이미 일본 사람들의 기질을 몇 가지 파악하고 있었다. 의심을 잘하고, 성질이 급하며, 자기 잇속을 차리는 데 밝고, 무슨 일이든 간단하기를 원했다. 그래서 요시다가 좋아하도록 자신 있게 대답한 것이다.

"이 상이 실수한 적 없으니까 그 말은 믿어도 좋겠고……. 집안에 무슨 급한 일 없지요?"

"예, 별일 없습니다."

이동만은 바짝 긴장했다. 이런 종잡을 수 없는 경우를 당할 때마다 상대방의 속생각이 무엇인지 알아내려고 이동만은 머리가 어지럽고 속이 뜨거워졌다.

"내일 아침 일찍 나하고 한 이틀 어디를 다녀와야겠소."

"예, 알겠습니다."

이동만은 그저 허리를 굽실거렸다.

"참, 오늘 저녁에라도, 정가가 찾아와 무슨 소리를 하면 모른다고만 하시오."

"예, 그리하겠습니다."

이동만은 대답을 하면서도 점점 더 혼란에 빠졌다. 요시다가 무슨 생각을 하고 있는지 도무지 알 도리가 없었다.

이동만은 다음 날 아침 요시다를 따라 일본 사람의 장삿배에 올랐다. 그 배는 밀물에 얹혀 금강을 거슬러 올라갔다. 강경에서 내려 이것저것 구경을 하고 거기서 하룻밤을 잤다. 그리고 다음 날 늦어서야 다시 배를 타고 군산으로 돌아왔다.

일은 하룻밤을 보내고 나서 터졌다.

아침 일찍 정재규가 사무실에 나타났다. 만경에서부터 걸어 군산에 그리 일찍 닿자면 신새벽에 집을 나선 게 틀림없었다. 정재규가 얼마나 몸 달아 있는지 이동만은 금방 알아차렸다.

"어저께 어디를 갔소?"

정재규가 사무실에 들어서자마자 대뜸 물었다.

"아 예, 화급히 볼일이 생겨서……."

이동만은 상대방을 보지 않고 눈길을 떨군 채 어물어물했다.

"사람을 헛걸음치게 하는 법이 어딨소? 돈을 갚자 해도 사람이 있어야 갚을 것 아니겄소? 자, 돈 받으시오."

정재규는 화난 얼굴로 돈 봉투를 책상 위에 던졌다. 이동만은 화들짝 놀라 몸을 일으켰다.

"나는 모르니 쬐깨 기다리시오. 요시다 상이 금세 나올 것잉마요."

이동만은 당황해서 말했고 마침 요시다가 사무실로 들어섰다.

"이제 나오십니까? 밤새 편히 주무셨습니까?"

일본말로 유창하게 인사하며 이동만이 허리를 반으로 접었다.

요시다는 인사를 받는 둥 마는 둥 자기 자리로 갔다. 그는 사무실로 들어서는 순간 정재규를 알아보았지만 일부러 못 본 척하고 있었다.

"여깄소, 돈 받으시오."

정재규는 돈 봉투를 요시다의 책상 위에 놓았다. 그는 일본말을 하지 못했다. 이동만이 통변으로 나섰다.

"기한이 지났소."

요시다가 차갑게 내쏜 한마디였다. 그 순간 이동만은 머리가 번쩍 밝아지면서 요시다의 속셈을 깨달았다.

"뭐라고! 난 어제 돈을 가지고 왔소. 사무실을 비운 건 당신 아니오?"

정재규가 소리를 질렀다.

"쓸데없는 소리, 기한이 지났다니까."

요시다가 정재규를 노려보았다.

"아니, 당신 미쳤어? 사무실을 비우려면 미리 말을 했어야 할 것 아니오?"

"그야 당신이 알아서 할 일이지. 당신 때문에 내 급한 일을 안 볼 수는 없으니까."

"야 이 도적놈아, 그걸 말이라고 해!"

정재규는 부들부들 떨었다.

"억울하면 법으로 따져."

요시다는 창 쪽으로 돌아앉아 버렸다.

정재규는 세 명의 젊은이들에게 떼밀려 사무실에서 쫓겨났다. 그는 100원을 빌리느라 40마지기의 논을 담보했었다. 100원에 해당하는 논은 20마지기였지만 담보는 그 배로 설정해야 한다는 조건에 따른 것이었다. 그 대신 보통 기한보다 두 배 긴 여섯 달을 빌렸다. 그동안 술타령을 하기에 100원은 너무 모자랐고, 여섯 달은 너무 빨리 닥쳐 왔다. 갚을 돈은 없고, 그렇다고 논을 팔 수도 없었다. 궁리 끝에 다른 데에 또 논을 잡히고 돈을 마련했다. 그런데 하루 차이로 논 40마지기를 고스란히 떼이고 말았다.

그는 송사를 할 자신이 없었다. 소문이 무서웠고, 이길 것 같지도 않았다. 그는 요시다가 고의로 사무실을 비웠다는 생각까지는 하지 못했다.

9

혼탁한 물결

날이 풀리면서 군산 포구를 드나드는 일본인의 장삿배가 부쩍 늘었다. 그 배들은 하나같이 광목을 비롯해서 석유·성냥·남포등·잡화 같은 소비 상품을 실어 날랐다. 그 물건들은 날이 갈수록 조선 사람들 사이에 넓게 퍼지고 있었다.

'양등'이라고도 부르는 남포등은 어찌나 탐내는 사람이 많은지 없어서 못 팔 지경이었다.

남폿불은 석유를 부어야 하고, 불을 붙일 때마다 성냥을 켜야 했다. 그러니까 남포등이 잘 팔리면 석유와 성냥은 더욱 잘 팔릴 수밖에 없었다.

그런 소비 상품을 실어 온 배들은 쌀을 가득가득 싣고 돌아갔

다. 결국 남폿불이 환하게 타오르는 것은 쌀을 태워 없애는 것이나 마찬가지였다. 날로 배가 불러 가는 것은 일본 장사꾼들이었고, 없이 사는 사람들은 더 가난해질 수밖에 없었다.

"어르신, 요새 쌀금이 지리산 천왕봉 몰랭이맨치 높아졌구만이라우. 얼른 쌀을 푸시는 것이 좋겄는디요."

장덕풍은 무릎 꿇은 앉음새로 상대방의 눈치를 살살 살피며 조심스럽게 말했다.

"으흠, 흠, 자네 눈에는 지리산 천왕봉이 젤로 높아 뵌가?"

백종두는 상대방을 눈 아래로 깔아 보며 볼품없는 수염을 쓰다듬었다. 그는 일진회 회장이 되면서 상투를 잘라 냈지만 수염은 그대로 남겨 놓았다.

"무, 무슨 말씀이신게라우?"

"어허, 지리산보다 높은 금강산도 있고 백두산도 있네. 무슨 말인지 알아듣겄능가?"

"쌀금이 자꾸 더 오를 거다 그런 말씀이신게라우?"

장덕풍은 그때서야 말귀가 뚫려 눈을 올려 뜨며 상대방을 바라보았다.

"알었으면 되았네. 가 보소."

백종두의 말은 냉정했다.

"앞으로 쌀이 날 때까지는 쌀이 자꾸 귀해지면서 쌀금이 뽀작뽀작 오른다는 거야 저도 다 아는구만이라우. 그런디 나락은 오래 쟁여 둘수록 서생원이 축내고, 날 풀려 더위가 오면 상허기 쉽구만요. 그런저런 손해 빼고 나면 쌀금이 올라도 이문이 얼마겄는게라우? 그런디 그런 손해를 안 보고 쌀보다 이문이 큰 일이 눈앞에 떡으로 떨어졌구만이라."

장덕풍은 말을 멈추고 빠르게 백종두의 눈치를 살폈다.

"어흠, 흠, 흠……."

백종두는 마음 같아서는 그게 뭐냐고 묻고 싶었지만 애써 마음을 눌렀다.

"그 떡이 뭣잉고 허니 석유 기름이구만요. 쌀금이 솟았을 적에 쌀을 풀고 그 대신 석유 기름을 쟁여 놓으면 석유 기름 값도 오르겄다, 석유 기름 빨아먹는 쥐 새끼들이야 없겄다, 더위가 와도 상하지 않겄다, 손해 하나 없이 이문이 쏙 빠지지 않겄는게라우?"

장덕풍은 어떠냐는 듯 허리를 약간 세우며 백종두를 바라보았다.

"그리 이문 톡톡헌 일이면 자네가 차지헐 것이제 어째서 나한테까지 찾아왔능가?"

백종두는 서슴없이 상대방의 심장을 쑤시고 들었다.

"제가 큰돈만 있으면 열 번도 더 차지허지요."

장덕풍 역시 거침없이 되받아쳤다.

"그러면 내가 지닌 나락이 솔찮은디, 그 돈만큼 석유를 갖고 온 자가 있다는 것잉가?"

"야아, 마침맞은 사람이 있구만이라우."

"일본도 시방 쌀이 다 떨어져 가는 판이시. 사람이 굶고는 못 살아도 밤에 불 안 쓰고는 사네. 무슨 말인지 알어듣능가!"

백종두는 못을 치고 있었다.

"야아, 쌀이야 금이고 석유 기름이야 구리 아닝게라우. 쌀금을 톡톡히 받겄구만이라우."

장덕풍은 일을 성사시킨 기쁨에 이마가 방바닥에 부딪도록 허리를 굽혔다.

"가서 일 야물게 허고, 자네 아들 칠문이 보내소."

백종두는 자못 엄하게 일렀다.

"야아, 알겄구만이라우."

장덕풍은 환하게 웃으며 몸을 일으켰다. 그는 백종두의 입에 자기 아들의 이름이 오르는 것이 너무나 영광스러웠다. 아들을 일진회에 가담시킨 것은 생각할수록 잘한 일이라 싶었다. 그다음부터 백종두와 아주 가까워질 수 있었던 것이다.

백종두는 쌀을 비싸게 처분하고 석유를 싸게 확보하게 된 것이 흐뭇했다. 지난 1월부터 실시된 화폐 조례 때문에 어차피 일본 물건을 많이 확보하려던 참이었다. 화폐 조례에 따라 국고를 다 일본제일은행에서 취급하게 되어 있었다. 그건 나라 살림이 모두 일본 사람들 손으로 넘어간 것뿐만 아니라, 그동안 써 오던 돈이 모두 일본 돈으로 바뀐다는 뜻이었다.

그 은밀한 계획을 미리 알아낸 것은 영사관을 통해서였다. 돈이 모두 일본 돈으로 바뀌게 되면 돈을 많이 가지고 있을수록 손해를 보게 되어 있었다. 손해를 보지 않으려면 돈 대신 일본 물건을 확보해 두는 것이 최선의 방법이었다.

“저어, 회장님 계시는게라우? 장칠문이구만이라우.”

밖에서 들려오는 젊은 목소리였다.

“기다리고 있었네. 얼른 들소.”

백종두는 자리를 고쳐 앉으며 목소리를 묵직하게 냈다.

장칠문이 방 안으로 들어섰다. 그는 일진회 간부답게 일본 군복과 똑같은 차림이었다. 계급장만 붙어 있지 않았다. 그는 회장 백종두 앞에 공손하게 무릎을 꿇고 앉았다.

“내가 이른 일은 어찌 되고 있능가?”

백종두가 엄한 어조로 물었다.

“야아, 쓸 만헌 회원들을 골라내고 있구만이라우.”

장칠문은 고개를 수그린 채 대답했다.

“아니, 아직도 골라내고 있단 말이여?”

백종두는 목소리를 약간 높였다.

“아니구만이라우. 다 골라내 훈련을 시키면서 잘못허는 놈만 바꾸고 있구만이라우.”

장칠문은 자신 있게 대답하며 다시 백종두를 올려다보았다.

“내 자네를 믿음세. 일 시작헐 날이 얼마 안 남었응게 훈련 잘 시키도록 허소.”

“야아, 명심허겄구만이라우.”

장칠문은 허리를 굽혔다.

"자네가 잘만 허면 내가 상을 후허니 내릴 것잉만."

백종두는 금방 목소리를 바꾸어 부드럽고 나긋하게 말하고 있었다.

"야아, 영축 없이 잘허겄구만요."

"됐네. 요것 넣고, 가 보소."

백종두는 백동화 몇 개를 장칠문 앞으로 밀었다.

장칠문은 황송해하며 다시 무릎 꿇어 백동전을 집어 들었다.

백종두는 흐뭇한 기분으로 방을 나가는 장칠문을 바라보고 있었다. 저건 애비보다 더 쓸모가 있다고 생각하며.

무슨 흠집을 잡혔나 싶어 조마조마한 마음으로 백종두 앞에 불려 갔다가 자신을 믿는다는 말을 듣고 뜻밖의 용돈까지 받은 장칠문은 기분이 달떴다.

장칠문은 회장의 부름을 받을 때마다 불안했다. 일진회 간부를 하면서 그만큼 뒤가 켕기는 짓을 많이 했다. 일진회 돈을 슬쩍슬쩍 빼먹었고, 포구에서 협박질로 심심찮게 돈을 갈취했고, 부하들을 몰고 다니며 이 술집 저 술집에서 공짜 술을 마셨다. 만약 그런 일이 말썽이 되면 둘러댈 변명이야 얼마든지 있었지만 은근히 뒤가 켕기는 것은 어쩔 수 없었다.

3월에 전주·군산을 비롯한 가까운 군의 일진회 회원들 삼사백

명이 한곳에 집결했다. 그들에 맞서 전주부민 오륙백 명이 나섰다. 양쪽 사람들이 마주친 곳은 황토현이었다.

일진회원들은 대창으로 무장했고, 전주부민들은 대창과 농기구로 무장하고 있었다.

"이놈들아, 길을 비켜라! 썩은 관리, 못된 양반 놈들 쳐 없애러 가는디 관리도 양반도 아닌 것들이 어째서 길을 막냐?"

일진회 쪽에서 외치는 소리였다.

"요런 왜놈 앞잡이, 친일파 놈들아! 느그 놈들 거짓말에 누가 속을 줄 아냐?"

전주부민 쪽에서 맞받아 외쳤다.

“참말로 길을 안 비키면 피를 본다. 길을 비켜나거라!”

“와아아—.”

일진회 쪽에서 함성이 일면서 대열이 앞으로 내달았다. 전주부민들 쪽에서도 함성이 터지며 앞으로 달려 나갔다. 서로 마주 보고 내달린 사람들은 금방 뒤엉켰다. 1천여 명의 사람들이 벌판에서 뒤죽박죽 싸우기 시작했다.

비명과 아우성이 뒤엉키고, 엎어지고 나뒹굴어지며 피가 튀었다. 서로 뒤헝클어지다 보니 대창이나 농기구는 쓸 수가 없었다. 주먹이 오가고, 붙들고 메다꽂는 난투극이 벌어졌다.

싸움이 길어지면서 수가 절반밖에 안 되는 일진회 쪽이 밀리기 시작했다. 그들이 밀리게 되자 전주부민들은 기세가 올랐다.

"저놈들이 도망친다아!"

"왜놈들 앞잡이, 다 죽여!"

일진회원들은 뿔뿔이 도망치기 시작했다.

한바탕 싸움이 지나고 황토현에는 양쪽 부상자 100여 명이 신음 소리들을 내며 즐비하게 쓰러져 있었다. 그들은 하필이면 갑오년에 농민군과 관군이 최초의 싸움을 벌인 그곳에서 싸웠던 것이다.

일진회원들이 부패한 관리와 악한 양반들을 척결한다는 명분을 내세워 전주로 밀고 들어가려고 한 데에는 두 가지 목적이 있었다. 첫째, 군산과는 달리 서문 밖에서만 배돌아야 하는 일본 사람들의 열세를 모면하고 일시에 성 안으로 진입하는 계기를 잡자는 것이었다. 둘째, 전주에서는 일본 사람들의 힘이 약해 일진회도 힘을 펴지 못했으므로 일본 사람들이 성 안으로 진입함과 동시에 일진회의 세력을 확장하려는 것이었다.

일진회원들이 그런 명분을 내걸고 전주성으로 몰려드는 판에 전주의 관리며 양반들이 그냥 놔둘 리 없었다. 양반들은 돈을 뿌려 사람을 사들이는 한편 관리들은 친일파를 없애자는 명분을 내세워 사람을 모으는 데 관권을 동원했다.

그 어이없는 싸움에서 일진회가 패배하자 백종두는 입장이 난처해졌다. 그는 회장으로서의 능력을 맘껏 과시하려고 했는데 능력 과시는커녕 얼굴도 못 들게 되고 말았다.

장칠문이 놈을 당장 끌어다가 요절을 내고 싶었다. 그러나 장칠문이 놈은 등짝에 부상을 입고 엎어져 있었다. 백종두는 문병을 가지 않는 것으로 속풀이를 대신할 수밖에 없었다.

그런데 쓰지무라한테서 만나자는 연락이 왔다.

"이거 원…… 당최 뵐 면목이 없습니다. 꼭 이길 줄 알았는데……."

백종두는 쓰지무라 앞에서 아예 고개를 들지 않고 굽실거리기부터 했다.

"한 번 실수는 다 병가지상사요."

쓰지무라는 허허대고 웃었다.

"예에……?"

"백 상, 이번 일은 그 정도면 효과가 충분했어요. 사람들이 좀 다치기는 했지만 죽은 사람 없으니 뒤가 시끄럽지 않고, 그만하면 일진회의 힘도 과시했고……."

"무슨 말씀이신지…… 일인들의 전주성내 거주 문제도 해결이 됐다는 건가요?"

"그런 뜻이 아니오. 일인들의 성내 거주는 그렇게 간단히 해결될 문제가 아니오. 전주는 군산과는 다르지 않소? 옛날부터 군산이 바닷가 한적한 고장이었다면 전주는 전라도 사람들의 한양이나 마찬가지지요. 그래서 전주는 양반세가 강해 함부로 하기 어렵고, 또 일반 사람들도 우리 일본인이 억지로 성안으로 밀고 들어가면 자기네 안방을 뺏기는 것으로 생각해 반발이 커진단 말이오. 성안에 출입도 못 했던 몇 년 전에 비하면 출입이 자유로워진 지금은 성안에 사는 거나 다를 게 없소. 그런데 이번 일은 그걸 앞당기는 효과를 발휘했소. 나는 그것으로 만족이오."

백종두는 쓰지무라의 말을 종잡을 수가 없었다. 싸움에 이겨 성안으로 들어가야 한다고 강조할 때는 언제고 이제 와서는 그렇게 안 된 것이 다행이라고 말하고 있었다.

"아니, 쓰지무라 상은 싸움에서 꼭 이기라고 하지 않았습니까?"

"그랬소."

"그런데 지금 하시는 말씀은……?"

"으아하하하…… 대창이나 몽둥이 들고 싸우는 싸움에서 수가 적은 쪽이 이기는 법도 봤소? 그리고 미리 싸움에 지라고 해서야 그 싸움이 어디 진짜 싸움이 되겠소?"

백종두는 결국 자신은 쓰지무라의 손바닥 위에서 놀아난 손오공에 불과하다고 생각했다. 그는 불쾌감과 함께 얼굴이 달아올랐다.

등에 부상을 입은 장칠문은 날이 갈수록 짜증이 늘었다. 그는 괭이에 찍힌 상처가 깊은 데다 덧나기까지 해서 열흘 넘게 앓고 있었다.

장칠문은 엉기적거리며 가게로 들어섰다.

물건들을 바로 놓고 있던 장덕풍이 아들을 힐끔 보았다.

"빌어먹을, 일진회는 잘못 들어갔소."

장칠문은 퉁명스럽게 내쏘며 쪽마루에 걸터앉았다. 상처 부위가 아파 그는 상을 잔뜩 찌푸렸다.

"그런 소리 말어라. 니도 대륙회사 없어진 것 다 알지야? 니가 일진회에 안 들고 거기 있었으면 쉰 보리밥 덩이 꼴 아니겄어?"

장덕풍은 아들의 입을 야무지게 틀어막아야 한다는 생각에서 그 말을 끌어다 댔다.

"대륙회사야 진작에 미꼬미가 없는지 알았응게 일진회가 아니라도 딴 자리를 구했겄제라."

굳이 '미꼬미'라는 일본말을 섞어 쓰며 장칠문은 떫은 얼굴로 아버지를 외면했다. 아들의 어조가 금방 수그러드는 것을 보며 장덕풍은 속으로 손뼉을 쳤다.

4월 들어 하와이와 멕시코의 이민 아닌 노예 수출이 금지되었다. 그 조처에 따라 대륙식민회사도 문을 닫지 않을 수 없었다.

"헛일 아닝게 쬐깨 더 참거라. 날로 살기 좋은 세상이 돼 가고 있응게 그 고생이 다 공으로 쌓여 간다."

장덕풍은 정겹게 말하며 아들의 어깨를 다둑거렸다.

봄이 무르익으면서 백종두의 즐거움도 무르익고 있었다. 일본식 집이 차츰 모습을 갖추어 갔던 것이다. 그는 집을 2층으로 지었다. 아래층 방은 온돌을 놓기로 했다. 다다미방에서 겨울을 날 자신이 없어서 궁리 끝에 고안한 방법이었다. 일본식 몸뚱이에 창자 일부가 조선식인 그 희한한 집은 군산은 물론이고 조선 땅 전체에서도 최초의 것인지도 모를 일이었다.

백종두는 인력거에 올라앉아 현장으로 가고 있었다.

"백 회장, 일진회 조직을 한층 강화해야겠소. 한성에 대항 세력이 생겨났단 말이오. 헌정연구회란 것인데, 이준이란 자가 중추요."

백종두는 쓰지무라의 말을 생각하고 있었다. 그러나 곧 피식 웃어 버렸다. 이준 신세도 최익현과 마찬가지가 될 거라는 생각 때문이었다. 최익현이라는 자는 지난 3월에 일본의 침략 위험을 상소했다가 일본 헌병대에 체포되었다. 이준이란 자도 정신없이 나대다가는 일본 헌병이 그냥 둘 리 없었다.

"아니, 저것이 누구여! 인력거 세워, 인력거."

백종두가 다급하게 소리쳤다.

그의 눈에 잡힌 것은 아들 남일이었다. 일어 학원에 박혀 있어야 할 놈이 술에 취해 한낮 대로에서 어떤 놈과 싸우고 있었다.

백종두는 눈이 뒤집혀 인력거에서 뛰어내렸다.

"이놈아, 남일아 이놈아!"

그는 고함을 지르며 내달아 아들의 뒷덜미를 낚아채고는 여지없이 뺨을 갈겼다.

백남일은 술 냄새를 훅훅 내뿜으며 아버지의 손아귀에서 벗어나려고 버둥거렸다. 그러나 취한 몸이라 제대로 기운을 쓰지 못했다.

"가자, 이놈. 당장 죽이고 말 것잉게!"

백종두는 또 아들의 뺨을 후려치고 끌기 시작했다. 백남일의 코에서 피가 흘렀다.

"보시오, 보시오, 삯전이나 내놓고 가드라고요."

인력거꾼이 백종두 앞을 가로막듯이 하며 내쏜 말이었다.

백종두는 그때서야 자신을 태우고 온 인력거가 아직 그대로 있다는 것을 깨달았다.

"이놈아, 타라. 인력거를 타!"

백종두는 방향을 바꿔 아들을 인력거 쪽으로 밀어 댔다. 백남일은 아버지의 손아귀에서 벗어나려고 더 버둥거리지 않고 순순히 인력거로 올랐다.

"인력거에 피 떨어지오!"

인력거꾼이 퉁명스럽게 내질렀다.

"이놈아, 얼른 콧구녁 막어라."

백남일은 두 손으로 코를 싸잡으며 고개를 뒤로 젖혔다.

백종두는 인력거가 집에 당도할 때까지 한마디도 하지 않았다. 그는 화가 부글부글 끓는 가슴으로 도대체 이놈을 어찌해야 할까 골똘히 생각했다.

인력거에서 아들을 끌어내리자 꾹꾹 누르고 있었던 화가 폭발했다.

"이놈아, 허라는 공부는 안 허고 뻘건 대낮에 술 처먹고 쌈질이나 허는 니놈이 사람 새끼냐? 디져라, 디져!"

백종두는 소리소리 지르며 매타작을 놓았다. .

"이놈아, 집 안에 꼼지락 말고 박혀 있어라. 대문을 넘어섰다 허면 그땐 다리몽뎅이를 작신 분지를 것잉게."

백남일에게 내려진 금족령이었다.

닷새째 되는 날 저녁, 백남일은 아버지 앞에 불려 가 무릎을 꿇었다.

"니는 군산에 있어서는 안 되겄다. 경성으로 뜰 작정을 허고 맘 단단히 먹어라."

백종두의 느닷없는 말에 아내와 아들이 멍하니 그를 바라보았다.

"아는 놈 많은 여기서는 암것도 안 된다. 아는 낯이 없는 경성으로 가서 신식 공부를 착실히 허는 것이여."

백종두의 설명이었다.

"그리허겄냐 못 허겄냐!"

백종두는 아들을 노려보며 매섭게 쏴 질렀다.

"예, 그리허겄구만요."

백남일은 경성으로 떠나는 게 나쁠 것 없다 싶어 또렷하게 대답했다. 방문 밖에서 그의 아내가 헛주먹질로 가슴을 치는 것을 그가 알 리 없었다.

아들을 양정의숙에 입학시키고 나서 백종두는 마음이 홀가분해질 수 있었다.

아들 걱정을 잊은 백종두는 별 하는 일 없이 여름을 넘겼다. 6월에 백동화 교환 사업이 개시되어 세상이 떠들썩할 때 미리 방비를 다 해 둔 그는 여유 만만하게 새로 지은 일본식 2층집으로 이사할 준비를 했다. 그는 2층 다다미방에서 여름을 나며 다다미가 풍기는 쌉싸름하면서도 향그러운 풀 냄새에 맘껏 취했다. 높직한 2층에 네 활개를 펴고 누워 더위를 식히며 방귀를 뿡뿡 뀌어 대는 맛이란 이루 형용할 수가 없었다.

그러던 어느 날 쓰지무라한테서 만나자는 연락이 왔다.

"백 상, 인사하시오. 이번에 일러전쟁에서 통변을 맡아 혁혁한

공을 세우신 하시모토 상이시오. 군산이 마음에 들어 사업을 하려는데 믿을 만한 현지인으로 백 상을 소개하는 것이오. 백 상이 특별히 신경 써서 돕도록 하는 게 좋겠소."

쓰지무라가 마주 보고 앉은 남자를 소개했다.

어딘가 냉혹한 느낌을 주는 인상에 서른이 되었을까 말까 한 나이에 비해 침착한 태도. 백종두는 예사 것이 아니라고 생각했다.

'건방진 놈, 군산 땅에 발 디딘 지 며칠이나 됐다고 마음에 들고 말고냐?'

백종두는 아니꼬운 생각부터 들었다.

"아 예, 그러십니까? 군산이 마음에 드신다니 영광입니다. 작으나마 도울 수 있는 일이면 무엇이든 도와 드리겠습니다. 그런데…… 군산의 무엇이 마음에 드셨는지요?"

백종두는 속마음은 싹 감추고 겸손을 가장해서 이렇게 말했다.

"예, 군산은 풍광도 좋고, 나날이 발전하는 것도 마음에 듭니다. 그런데 더 마음에 드는 것은 군산이 아니라 군산 뒤로 자리 잡고 있는 넓은 들판입니다. 그 들판은 말로 듣던 것보다 훨씬 더 좋습니다."

하시모토는 웃음을 지어 보이며 대답했다.

"넓은 들판이란 첫 보기에는 좋을지 몰라도 자꾸 보면 싱겁고 지루합니다. 좋은 구경거리는 못 되지요."

백종두는 상대방의 의중을 캐내려고 일부러 말덫을 놓았다.

"어허, 누가 들판을 구경거리 삼겠다는 거요? 그 들판에 농장을 차리겠다는 뜻이지."

쓰지무라의 성급한 답변이었다.

"저도 그런 뜻인 줄 알았습니다."

백종두가 고개를 끄덕이며 웃었다.

10

우리 어찌 살거나

군산 포구에 일본 군함이 나타나면서 일본 사람이 부쩍 늘어났다. 군함이 수백 명의 군인을 토해 놓은 것이다. 그 군인들은 대열을 지어 여러 방향으로 떠났다.

"저 왜놈 군대가 아라사를 이겼담서?"

"그렇다고 허데."

"저놈들은 쌈에서 이겼으면 즈그 나라로 갈 일이제 어째서 우리 땅으로 밀려드는고?"

"아라사고 청국이고 다 몰아냈응게 인제 즈그가 이 땅 쥔 노릇 허겄다는 것이제."

"참말로, 나라 다스린다는 대감이고 양반들은 뭘 허고 앉었는겨?"

사람들이 두려움과 근심 서린 얼굴로 나누는 이야기였다.

해괴한 소문도 끝없이 떠돌았다. 금산사 미륵불과 은진미륵이 통곡을 했다는 소문만이 아니었다. 사명당의 비석이 땀을 서 말이나 흘렸다고 했고, 지리산 음양샘에서 선지피가 흘러내린다고 하는가 하면, 무주 구천동 골골이 밤마다 귀신들 울음으로 가득 찬다고도 했다.

그런 가운데 일진회에서 한일보호조약 체결을 찬성한다는 성명을 발표했다.

"일진회 놈들, 헐 소리가 따로 있제, 어찌 그런 소리를 다 허고 그려?"

"조선 놈들이 그런 소리를 허다니, 똥통에 처박을 놈들."

사람들은 끼리끼리 모여 소문을 확인하고 시국을 근심했다.

그런데 마침내 을사보호조약이 세상에 알려지게 되었다. 장지연이 《황성신문》에 「시일야방성대곡(是日也放聲大哭)」을 쓴 것이다.

> 동양 삼국의 평화를 주선하기로 한 이토가 천만 꿈밖에 어찌 오조약을 내놓았는가? 개가죽을 쓴 우리 대신들은 일신의 영달만 위해 황제 폐하와 2천만 동포를 배반하고 4천 년 강토를 외인에게 주었도다. 슬프다! 우리 2천만 동포여, 살아야 할거나 죽어야 할거나?

그 논설문의 요지였다.

장지연이 그날로 일본 헌병대에 체포되었다는 소문은 사람들을 더욱 분통하게 만들었다.

인심이 불안하고 술렁거리는 속에 '을사오적'이라는 새로운 말이 퍼졌다. 나라를 왜놈들에게 팔아먹은 다섯 역적이라는 말이었다. 내부대신 이지용, 군부대신 이근택, 법부대신 이하영, 학부대신 이완용, 농상공부대신 권중현이 그들이었다.

송수익은 갈피를 잡을 수 없는 마음으로 이틀을 서성거리다가 신세호를 찾아갔다. 정재규는 이미 말 상대가 아니었고 이런 때 마음을 기댈 수 있는 친구가 신세호였다. 그러나 신세호와 생각이 꼭 일치하는 것은 아니었다. 신세호는 전통적인 유생의 길을 지키려는 생각을 가지고 있었다.

신세호는 초가의 사랑방에서 먹을 갈고 있었다.

"어서 오시게, 수익이. 내가 찾아갈까 생각하고 있었는데 자네 발길이 더 빨랐네그려."

"내가 예고 없이 찾아들어 마음이 더 시끄러워지는 것 아닌가?"

송수익은 신세호를 넌지시 바라보았다.

"자네 맘도 잠잠허지 못헌 것 아닌가? 잘 왔네."

신세호가 쓸쓸하게 웃음 지었다.

"그래, 자넨 이번 일을 어찌 생각하나? 무슨 방책이 있나?"

"글쎄……, 사흘 전 우리 유생들이 대한십삼도유약소의 이름으로 상소를 올렸네만…… 그것이 무슨 방책이 될지……."

"십삼도 유생들의 뜻을 모아 상소를 올린 것이야 고맙고 잘한 일이네. 그러나……."

송수익은 밀려 나오려는 말을 끊었다. 상대방은 '불충(不忠, 충성스럽지 못함)'을 가장 큰 죄로 치는 유생이었다.

"어째 말을 끊는가? 우리 사이에 못 할 말이 있등가?"

신세호는 상대의 마음을 꿰뚫는 듯한 눈길로 송수익을 지켜보았다.

"상소라는 것은 상감께 직접 글을 올려 일을 해결하자는 것 아닌가? 헌데, 지금 상감께서 그럴 만한 힘을 지니셨느냐가 문제 아니겠나?"

송수익이 조심스럽게 말했다.

"상감께서 대역 대신 놈들한테 손발이 묶여 어진 정치를 펼치시지 못하는 것을 내 어찌 모르겠는가? 그러나 이 국난에 상소 말고 달리 무슨 방도가 있어야 말이지."

신세호는 비통한 얼굴로 뭉텅이진 한숨을 토해 냈다.

"지금 한성에서는 종로 상인들이 보호조약 반대로 상가를 철시하고, 학생들이 동맹휴학을 하고 있네. 유생들의 상소는 이름만 거창했지 그 효과는 상인들이나 학생들의 행동에 비해 어림이 없네."

송수익의 말은 냉정했다.

"상소 말고 달리 무슨 방도가 있다는 것인가?"

신세호는 송수익을 뚫어져라 바라보았다. 그 눈 가장자리가 가늘게 떨리며 눈동자가 불그스름한 물기로 젖고 있었다.

"힘없는 상감께 상소를 올려 봐야 피 말리는 고통을 드릴 뿐 무슨 해결이 되겠는가? 그러고, 왜놈들이 상소로 철회할 조약이었으면 처음부터 체결하지도 않았을 것이네. 왜놈들은 막강한 무력으로 이 땅을 장악하고 위협과 강압으로 조약을 체결했네. 왜놈들의 무력은 총을 든 군대만 있는 것이 아니네. 날로 퍼지고 있는 왜놈들 민간 세력도 결국은 무력이 아니고 무엇인가? 부산·인천·목포·원산 같은 데의 왜놈 세력은 군산의 두 배에서 서너 배까지 세다는 것 아닌가? 그리고 개항된 항구는 마산·진해·진남포 등등으로 조선 땅이 다 왜놈 세력으로 둘러싸인 형국일세. 어디 그뿐인가? 부산에서 신의주까지 경부선과 경의선이 뚫려 있네. 그건 왜놈들의 또 하나의 무력이네. 조선 사람들 태반은 철도가 놓이는 것을 신식 개화라고 믿고 있네만, 왜놈들이 우리를 편히 살게 해 주려고 철도를 놓았겠는가? 어림없는 소리네. 결국 이 땅은 왜놈들의 무력으로 꽁꽁 묶이고 말았네. 그렇게 무력을 앞세워 체결한 조약을 파기하자면 어찌해야겠나? 종이에 글씨나 쓴 상소문으로 될 것 같은가?"

"자네 말을 듣고 보니 이 나라가 왜놈들 발밑에 깔린 속국이 돼 버린 셈인데 보호조약까지 체결됐으니 어찌하면 좋은가? 상소문이라는 건 태산을 손으로 떠미는 격이고, 소 잡겠다고 바늘 들고 나서는 격 아닌가? 다른 무슨 방도가 있을꼬……?"

신세호는 앉음새를 고치며 괴로운 신음을 가늘게 흘렸다.

"생각을 달리하면 왜 방도가 없겠는가. 조약을 체결한 조정 대신들은 왜놈들 주구가 아닌가? 우리에겐 조정이 없어져 버린 거란 말일세. 조정이 없어졌으니 국권이 없어지고, 국권이 없어졌으니 나라가 없어진 것 아닌가. 나라가 없는데 상소문은 어디다 올린단 말인가? 이렇게 생각하면 다른 무슨 방도가 생기지 않겠나?"

송수익은 여전히 신세호의 말을 유도해 내려는 입장을 취하고 있었다.

"아아, 자넨 나라를 완전히 빼앗겼다고 생각하고 있구먼. 그렇지, 나라를 강도질당한 것이지. 이는 상감께 더없는 불충이고 아래로 백성들에게 체면이 땅에 떨어진 것이니 우리 양반들이야 더 살기를 바랄 수가 없게 된 몸들이네그려. 자네 생각이 이런 것인가?"

신세호는 비감한 눈길로 송수익을 바라보았다.

"나라를 빼앗겼는데 개개인이 죽는 게 능사가 아니지 않는가? 나라를 빼앗겼으면 되찾는 것이 가장 중한 일 아니겠는가?"

송수익은 어금니를 물며 신세호를 똑바로 쏘아보듯 했다.

"나라를 되찾아? 그러면…… 왜놈들에게 맞서 싸울 의병이라도……."

긴장한 신세호가 말끝을 흐렸다.

"그렇네. 그 길밖에 또 무슨 방도가 있나?"

송수익의 말은 단호했다.

"자네가 그런 생각을 품고서……."

신세호는 눈을 느리게 아래로 내리깔고 있었다.

"왜, 그 방도가 맘에 안 드나?"

송수익은 앞으로 조금 다가앉으며 곰방대를 꺼냈다.

"……나야 자네보다 세상 돌아가는 물정을 잘 모르긴 하네만, 이제 와서 의병을 일으켜 싸운다고 무슨 가망이 있겄능가?"

송수익을 바라보는 신세호의 눈에는 슬픔 같은 것이 어려 있었다.

"싸워 보지도 않고 무슨 소린가?"

송수익의 어조는 짱짱했다.

"자네가 아까 말하지 않았나? 왜놈들이 우리를 꽁꽁 묶고 있다고. 갑오년 때보다 지금은 왜놈들 세력이 몇 배로 늘어나지 않았나? 그때도 사람만 수없이 상하고 말았는데 지금이야 더 말할 것 없지 않은가 말이네."

"그렇다고 손발 묶고 앉아 상소문 쪼가리나 올려서야 되겠는가? 강도가 집 안에 들었으면 식구들이 온 힘을 다해 강도를 물리치려고 일어나는 것이 도리가 아닌가. 힘의 강약을 따지기 전에 싸워야 할 때에 싸우는 것이 바른 사람의 도리네."

일단 본심을 털어놓기 시작하자 송수익은 가슴의 뜨거움이 배에까지 퍼지는 것을 느꼈다. 그 뜨거움은 상대방의 현명한 척하는 뒤에 감추어진 나약함에 대한 노여움이었다.

"자네 생각이 틀리지는 않네만 너무 급하고 격하네. 급할수록 돌아가랬다고 좀 더 두고 차근차근 생각해 보는 게 좋지 않겠나?"

신세호는 두어 번 마른 입맛을 다시고는 팔을 뻗쳐 벼루를 끌어당겼다.

그 몸짓이 이야기를 끝내자는 것임을 송수익은 알아차렸다. 배신감이 왈칵 끼쳐 왔다.

신세호는 또 팔을 뻗쳐 연적을 집어 왔다. 그리고 먹물이 마른 벼루에다 몇 방울의 물을 떨어뜨렸다.

"내 생각이 자네 맘에 안 들어도 어쩔 수 없네. 허나, 끝으로 한 마디만 하고 가겠네. 자넬 비롯한 유생들이 다 자네같이 생각하고 있다면 자네들이 하늘처럼 떠받들고 우러러 뫼시는 상감마마, 아니 황제 폐하께오서 땅을 치고 통곡을 하실 것이네."

송수익은 자리를 차고 일어섰다.

"아니, 저어……."

신세호는 몸을 반쯤 일으켰다가 도로 주저앉고 있었다.

날이 새면 새로운 소문이 떠돌고, 다시 날이 새면 또 새로운 소문이 떠돌았다. 바람이 불듯 그 진원지를 알 수 없는 소문들은 하나같이 불길하고 흉흉했다.

"아랫말 꽃예 아부지가 헌병대에 잡혀갔담시로?"

"어째서 잡혀가?"

"음마, 자네는 아직도 모르고 있능가? 주막서 술김에 왜놈들 욕을 했드랑마."

"아이고메 무셔라. 이놈의 세상을 어쩔꼬."

주위를 흘끔거리며 아낙네들이 우물가에서 수군거리는 이야기였다.

임금을 호위하던 시종무관장 민영환이 할복 자결을 했고, 전 의정부대신 조병세와 전 참판 이명재가 자결했다.

연이은 자결 소문은 겨울바람을 타고 산지사방으로 퍼져 나갔다. 그런데, 그 소문들은 단순히 나라 잃은 비분으로 목숨을 끊었다는 것만이 아니었다. 민영환이 흘린 피는 방을 넘치고 마루를 흘러 토방으로 떨어졌는데 그 자리에 푸르른 대나무가 솟아났다고 했고, 조병세가 목숨을 끊자 그가 기르던 난초들이 일제히

꽃을 피웠다고 하는가 하면, 이명재가 숨을 거두면서 뜰의 매화나무가 사흘 밤을 통곡했다는 것이었다.

충절을 상징하는 매·난·국·죽에 근거를 둔 이야기들이었다.

“이완용이고 이근택이고 뒤져야 헐 놈들은 안 죽고 어째서 아까운 사람들만 자꾸 죽는고?”

“근디 충신들이 저렇게 줄줄이 죽어 가다 보면 무슨 일이 나도 나겄제?”

“어저께 어떤 중이 주막거리를 지나가면서 의병을 모은다고 허드라는디.”

“뭣이여! 의병?”

“어허, 이 사람아! 더 크게 소리 지르소. 주재소까지 다 듣기게.”

사랑방에 모여 앉은 남자들이 나직나직 주고받는 말들이었다.

겨울은 깊어 가고 있었다. 장덕풍은 어둠에 몸을 감추고 하야가와를 찾아갔다. 밤중에 오라는 명령이 떨어진 것이다. 우체국 소사가 성냥 세 갑을 사 가는 게 그 명령이었다.

“요새 장사는 어떻소?”

장덕풍이 주눅 든 모습으로 엉거주춤 자리를 잡고 앉자 하야가와가 불쑥 물었다.

“야아, 덕분에 잘되는구만이라우.”

장덕풍은 비위 맞추는 웃음을 헤벌레 지어 보이며 허리를 굽실거렸다.

"돈 버는 재미에 정신이 팔려 그 임무는 다 잊어버렸소?"

하야가와는 짜증스럽게 내쏘았다.

"아, 아니구만이라우. 눈에 불을 켜고 열성으로 허는구만요."

당황한 장덕풍은 한달음에 말을 쏟아 놓았다.

"장 상도 세상이 달라진 것 다 알고 있지요?"

하야가와는 얼굴을 좀 부드럽게 바꾸며 장덕풍을 주시했다.

"야아, 우리 일본 세상으로 변헌 것 다 알고 있구만이라우."

장덕풍은 아부의 웃음을 지어 보였다.

"조선 놈들이 보호조약에 반대해서 의병을 모으고 있다는 소식이오. 아랫사람들 정신 바짝 차리게 만들어 어디서 의병을 모으는지 꼭 탐지해 내시오."

"야아, 그리허겄구만이라우."

"이제 기회가 왔소. 장 상이 공을 세우기만 하면 내 당장 장 상의 소원을 풀어 주겠소."

하야가와는 가늘게 뜬 눈으로 장덕풍을 바라보며 묘한 웃음을 흘렸다.

"야아, 꼭 공을 세우도록 허겄구만이라우."

장덕풍은 힘 있게 말하며 허리를 깊이 굽혔다. 그의 눈앞에는 목 좋은 데 있는 상점이 환하게 떠오르고, 부자가 된 자신의 모습까지 보였다.

한편, 송수익은 신세호가 소개한 임병서와 은밀하게 접촉하느라 삼동의 추위도 잊은 채 지내고 있었다. 임병서와 비밀리에 만나는 것은 의병을 조직해 나가기 위해서였다.

"자네가 의병에 뜻을 두고 있듯이 병서도 자네 같은 사람을 찾고 있네. 서로 한뜻이니 마음을 합치면 힘이 커지지 않겠나?"

신세호가 임병서를 소개하며 한 말이었다. 그때도 신세호는 의병을 일으키는 것에 대해서는 뒤로 물러선 입장이었다.

그다음부터는 신세호를 빼고 송수익과 임병서는 단둘이 만났다. 송수익은 임병서의 설명을 듣고 나서부터 구체적인 행동에 들어갔다.

최익현과 임병찬이 뜻을 합쳐 의병을 일으키고자 계획하고 있으며, 임병서는 임병찬의 문중 동생뻘이었다. 최익현은 그 강직과 기개가 익히 알려진 인물이었다. 작년 3월에 누구보다 먼저 일본의 침략 위험을 알리는 상소를 올렸다가 헌병대에 체포되어 고초를 겪었고, 보호조약이 체결되자 또 오적을 규탄하고 조약 취소를 직언하는 상소를 올렸다. 그런 최익현이 마침내 의병을 일으키기로 한 것이었다.

그 나이를 개의치 않는 기개에 송수익은 감동하지 않을 수가 없었다.

"양반만 가지고는 일이 어렵습니다. 수가 많지 않은 데다, 떨치고 일어나는 양반은 별로 없는 탓이지요. 천상 농민들의 호응을 얻어야 하는데 두 가지 어려움이 있습니다. 하나는, 나라는 양반들이 망쳐 먹고 싸움은 우리더러 나서라 하느냐 하는 배척감이고, 다른 하나는 봉기 때까지 어떻게 비밀을 유지하느냐 하는 점입니다."

임병서의 말이었다.

"예, 하지만 농민들에게도 우국충정이 있습니다. 특히 왜놈들한테는 갑오년에 당한 원한이 깊지요. 그 원한 때문에라도 농민들은 많이 호응할 것입니다. 그리고 비밀 유지는 믿을 만한 사람들을 골라 결속시키고 최대한 조심하면 별 탈이 없지 않을까 합니다."

송수익의 대답이었다.

송수익은 약속한 불이암으로 갔다. 임병서가 먼저 와서 기다리고 있었다.

"날이 풀리면 봉기하기로 결정이 났습니다. 추위도 추위고, 자금 문제 때문에 시일이 좀 더 필요합니다."

"그렇겠지요, 군비 없이 싸울 수야 없는 일이니까요."

"통감부가 개청되었으니 일은 점점 급박해지고 있습니다."

임병서는 무겁게 한숨을 내쉬었다.

"통감부가 개청되면서 해외 조선인에 대한 보호권이 왜놈들 외무성으로 넘어갔습니다."

"뭐라고요? 그게 정말입니까?"

임병서의 눈이 고정되었다.

"사실입니다. 작년부터 각국에 나가 있던 공사들이 철수하더니 결국 그 지경까지 되고 만 겁니다."

"조정 대신 놈들, 정말이지 개가죽을 둘러쓴 놈들이오. 그놈들을 어찌 죽여야 하겠소."

임병서는 입술을 깨물며 주먹을 부르쥐었다.

"기왕 망친 나라, 그놈들을 다 잡아 죽인다고 해서 되돌려질 일이 아니지요."

송수익이 임병서를 응시했다.

지삼출은 사람들과 함께 사랑방을 나섰다. 사람들은 제각기 어둠 속으로 흩어졌다. 지삼출도 혼자 고샅의 어둠을 헤쳐 나갔다. 얼마를 걷다가 집 반대 방향으로 발길을 돌렸다.

"누구여, 삼출인가?"

어둠 속에서 숨죽인 목소리가 들려왔다.

"이, 나시. 자네 날르게 왔네?"

지삼출이 대꾸했다. 상대방은 함께 사랑방을 나선 손판석이었다.

"송 선생님이 보자는데, 무슨 달라진 일이 있어선가?"

손판석이 지삼출 옆으로 붙어 서며 말했다.

"글쎄, 무슨 일이 있기는 있겄제."

지삼출은 몸을 부르르 떨며 대꾸했다.

"근디, 덕구를 어쩔랑가? 그 자식 행동이 요상스러운디 뒤를 캐야 안 쓰겄어?"

"쬐깨 더 두고 보세. 꼬투리 잡은 것 없이 덤빌 수야 없응게."

"내 눈에는 그 자식이 영축 없이 왜놈 앞잡이랑게로."

두 사람은 송수익의 집으로 들어섰다.

"무슨 일 있으신게라우?"

지삼출이 송수익의 눈치를 살피며 자리를 잡았다.

"예, 우리 의병은 날이 풀리면 거사하기로 결정 났소. 지금은 날이 추워 싸우기 어렵고, 싸움에 필요한 군비도 장만해야 하기 때문이오. 그러니 그사이에 사람을 더 많이 모으도록 애쓰는 게 좋겠소."

송수익이 두 사람을 번갈아 눈길을 돌렸다.

"그리되면 사람을 많이 모으기야 좋은디, 말이 새 나가는 것을 막기는 자꾸 어려워지겄구만이라."

손판석이 조심스럽게 말을 꺼냈다.

"그렇지요, 그런 걱정도 있지요."

송수익은 자신도 그런 염려를 하고 있어서 고개를 끄덕였다.

"그야 무슨 다른 방도가 있간디? 믿을 만헌 사람들 골라내면서 입단속시켜야제."

지삼출의 낮고 묵직한 말이었다.

"그야 그런디 왜놈들 앞잡이는 날로 늘제, 사람 속 알기는 어렵제 걱정 안 되는가?"

손판석의 말도 신중했다.

"우리 상대가 왜놈들이라 여간 어려운 게 아니오. 그럴수록 조심해야지요."

송수익은 손판석을 바라보았다.

"야아, 그 수밖에 없지라우. 그래도 앞잡이보다 앞잡이 아닌 사람이 훨씬 더 많은게라."

손판석의 힘준 말이었다.

"고맙소. 그리 맘 단단히 먹읍시다."

두 사람을 번갈아 바라보는 송수익은 눈으로 더 많은 말을 하고 있었다.

"그러고, 쥐도 새도 모르게 속으로 뼈대를 짜 갖고 일을 탁 터치면 그때 사람들이 와아 모여드는 법이시. 갑오년 때 그 많은 사람들이 어디 다 미리 연줄을 맺었간디? 한쪽서 일을 딱 시작허고 나선게 사람들이 와아 들고일어나 한 덩어리가 된 것 아니드라고?"

지삼출의 말이었다.

"맞는 말이오, 일은 그리되는 법이오. 중한 것은 민심인데 요새 민심은 어떻소?"

송수익의 목소리에 약간 생기가 돌았다.

"갈수록 왜놈들을 미워허게 되제라."

손판석의 대답이었다.

"잘되고 있는 것이오. 어쨌거나 갑오년에 일어났던 사람들을 찾아내도록 하시오."

송수익의 말에 지삼출과 손판석은 함께 고개를 끄덕였다.

11

장례식

"아이고메 엄니, 나 죽네. 나 좀 살려 주소, 엄니이."

어둠 속에서 고통을 이기지 못해 몸부림치는 신음이 울렸다.

방영근은 무거운 삭신을 겨우 일으켰다.

"만상이, 다리가 더 아파졌능가?"

방영근은 주만상의 얼굴에 손이 닿는 순간 깜짝 놀랐다. 열에 들뜬 얼굴이 땀으로 맥질되어 있었다. 주만상은 아무 대꾸 없이 신음 소리만 냈다.

방영근은 수건으로 주만상의 얼굴부터 조심조심 닦아 냈다. 온몸이 불덩어리였다. 예삿일이 아니라 싶어 남용석을 깨우기로 했다.

"용석이, 얼른 일어나. 만상이가 큰 탈 나게 생겼당게. 아 얼른 일어나!"

방영근은 남용석의 어깨를 마구 흔들었다.

"어째 이려, 만상이가 큰 탈 났어?"

남용석이 잠에 취한 소리를 내며 가까스로 몸을 일으켰다.

"병이 깊어도 예사로 깊은 것이 아닝갑네."

방영근의 근심스런 목소리였다.

"큰 탈 나겄는디. 숙직허는 루나헌티 알려야 쓰지 않겄능가?"

남용석이 말했다. 그들은 백인 감독을 '감독'이라 하지 않고 하와이 말인 '루나'라고 불렀다.

"그런다고 그 몰인정헌 놈들이 이 밤중에 병원에 데리고 갈 리 있겄능가?"

방영근의 시무룩한 대꾸였다.

"그러면, 보고만 있을랑가?"

"곧 날이 샐 테니 땀이나 닦아 내고 물이나 먹이는 수밖에 없네."

두 사람은 물 주전자를 가져오고, 땀을 닦아 내며 한참이나 간호에 마음을 쏟았다. 주만상은 물을 조금씩 받아먹으면서 신음 소리를 낮추게 되었다.

딸랑 딸랑 딸랑…….

멀리서 기상을 알리는 종소리가 숨 가쁘게 울렸다. 불이 켜지면서 조금 전까지 코를 골며 세상모르고 잠에 빠져 있던 사람들이 언제 그랬냐 싶게 일제히 잠을 깼다.

일곱 사람은 그때서야 동료가 중태에 빠진 것을 알고 우르르 주만상을 에워쌌다.

"이런, 기어코 큰 병이 나 버렸구나."

"쯧쯧, 사람이 반쪽이 돼 버렸네."

그들은 근심스러운 얼굴로 주만상을 들여다보며 한마디씩 했다.

"루나헌티는 이따 알리도록 허고, 우리 헐 일이나 얼렁얼렁 헙시다."

사람들을 둘러보며 방영근이 말했다.

"그래야겄제. 이러고 있다가 싹 다 매타작당헐 것인디."

남용석이 몸을 일으켰다. 다른 사람들도 침상을 내려섰다. 주만상을 혼자 버려 둔 채 그들은 아침 일을 서둘렀다. 막사 안팎을 청소하고 변소와 세면장을 거쳐 식사까지 마치자면 눈코 뜰 새가 없는 아침 시간이었다.

"만상이는 어째야 헝고?"

빗자루를 든 남용석이 땅바닥을 건성으로 쓸며 방영근을 바라보았다.

"이따가 루나가 순시헐 적에 봬야 안 허겄능가?"

방영근의 시무룩한 대답이었다.

다른 사람들은 식당으로 몰려가고 방영근은 루나가 청소 검열을 하러 오기를 기다렸다.

"루나, 루나!"

저쪽에서 곰이라는 별명의 루나가 걸어오는 것을 보고 방영근이 외쳤다.

"루나, 저어…… 주만상이가…… 저어……."

방영근은 손짓 발짓으로 사람이 아파 누웠다는 시늉을 열심히 했다. 그의 입에서는 상대방이 알아듣지 못하는 조선말이 튀어나갔다.

"넥스 고, 넥스 고!"

눈치를 알아챈 루나가 채찍으로 땅바닥을 치며 앞장섰다.

막사로 들어간 방영근은 주만상의 장딴지를 풀어 보였다. 헝겊을 찢어 붙인 상처 부위에서는 피고름이 흘러내리면서 악취를 풍기고 있었다.

손으로 코를 막은 루나는 뭐라고 소리소리 질러 댔다.

루나와 손짓 발짓을 한 끝에 방영근은 환자의 밥을 타 와 막사에 남게 되었다.

방영근은 숟가락 등으로 밥알을 으깼다. 죽을 만들자면 그 방법밖에 없었다.

"만상이, 이것 좀 받아먹소."

방영근은 어설픈 죽을 입에 디밀었다. 그러나 주만상은 상을 찡그리며 죽을 뱉어 냈다.

"이 사람아, 먹어야 살제, 먹어야."

뱉어 낸 것을 닦아 내고 다시 죽을 떠 넣었다. 그러나 주만상은 죽을 넘기지 못했다.

"이 사람이…… 참말로 큰 탈이시 이거."

방영근은 그릇을 놓으며 한숨을 토해 냈다. 언뜻 불길한 생각이 스쳐 갔다.

점심 무렵에야 의사가 왔다. 의사는 주만상의 가슴에 청진기를 대보면서 자꾸 고개를 갸웃갸웃했다.

방영근은 주만상의 앙상한 가슴을 보며 새삼 놀랐다. 그동안 몸이 쇠약해진 줄은 알고 있었지만 그렇게까지 심한 줄은 몰랐다. 방영근은 자신이 그동안 주만상에게 얼마나 무심했는지 깨달았다. 주만상하고는 한 고향에 나이도 어슷비슷해 서로 말을 놓고 지내며 마음을 의지해 왔다. 그러나 그가 한밑천 잡겠다고 배를 탄 것이 실없어 보이고 마땅찮았다. 그러다 보니 주만상에게 마음을 덜 쓰게 된 것인지 모른다는 자책감도 들었다.

의사는 주만상의 눈을 까 보고 입을 벌려 보면서도 고개를 갸웃거렸다. 의사는 주사기를 꺼내 들며 또 무슨 말인가를 방영근에게 물었다. 당황한 방영근은 그저 고개만 저었다.

"오케이, 오케이."

의사는 고개를 끄덕이며 웃음 지었다. 방영근은 의사의 웃음이 인정스럽다고 생각했다.

의사는 주만상의 팔에 주사를 놓고 장딴지의 피고름을 약솜으로 닦아 냈다. 피고름에 닿은 약이 지글지글 끓듯 하며 흰 거품을 일으켰다.

"아이고메 나 죽네! 엄니, 엄니이!"

주만상이 소리 지르며 발버둥을 쳤다. 방영근은 잽싸게 그의 발목을 붙들었다.

의사는 팅팅 부어오른 주만상의 종아리에 붉은 물약을 발랐다. 그리고 조심조심 붕대를 감았다. 주만상은 끊임없이 앓는 소리를 냈다.

붕대를 다 감은 의사는 방영근에게 수건을 물에 적시고 짜서 환자의 이마에 올리는 시늉을 해 보였다.

"예스, 예스."

방영근은 빠르게 고개를 끄덕여 보였다.

가방을 챙겨 든 의사는 막사를 나갔다.

방영근은 주만상의 이마에 물수건을 열심히 갈아 얹었다. 그러는 사이사이에 죽 국물을 떠 넣어 보았지만 주만상은 여전히 뱉어 내기만 했다.

"물, 엄니이, 무울……."

눈을 반쯤 뜬 주상만이 입을 열었다. 방영근은 왈칵 반가움이 솟았다.

"만상이 정신이 드는가? 물 여깄네."

방영근은 주상만 곁으로 바짝 다가앉았다.

"……여기가 어디여……? 엄니가 금방 있었는디……."

겨우 말을 잇는 주상만의 눈에서 눈물이 주르르 흘렀다.

"자네가 꿈을 꾼 것이네. 자네 자는 새에 의사가 다녀갔으니 금세 나을 것잉마. 그러니 입맛 없더라도 밥 좀 뜨고 기운 차리소."

"아니여…… 나는 집에 못 가고 여기서 죽을 것이여……."

"만상이, 그게 무슨 소리여? 자네나 나나 집에 가게 될 것이네."

방영근은 주만상의 손을 잡으며 절실한 심정으로 말했다.

"아니여, 난 여기서…… 여기서 죽을 것이여. 여기서 죽기는 싫은디……."

주만상의 손에서 힘이 스르르 풀렸다.

"만상이, 만상이!"

방영근은 가슴이 덜컥 내려앉아 한쪽 귀를 주만상의 코끝에 들이댔다. 가는 숨소리가 귓속을 울렸다.

주사 덕인지 물수건 덕인지 열은 가셨고, 주만상은 깊은 잠에 빠졌다. 방영근은 눈물자국이 남은 주만상의 메마른 얼굴을 멍하니 내려다보았다. 짐승처럼 일에 시달리면서 보낸 지난 세월이 떠오르며 가슴에 눈물이 괴고 있었다.

먼저 하와이에 끌려온 사람들에게 들은 대로 돈은 모아지지 않았다. 밥만 겨우 먹여 줄 뿐이어서 옷과 신발은 사야 했다. 뙤약볕 속에서 줄기차게 땀을 흘리니까 옷은 너무나 빨리 삭고 낡았다. 신발도 개간 작업에 시달려 금방금방 망가졌다. 그런데 옷값, 신발값은 턱없이 비쌌다. 루나들이 운영하는 매점의 물건은 무엇이든 다 비쌌다. 루나들이 제멋대로 가격을 올려 붙인 까닭이었다.

시내에 갈 수 없으니 그 비싼 물건을 사지 않을 수는 없었다. 그러다 보니 한 달에 15달러씩을 모아 빚 100달러를 갚고 농장을 벗어난다는 것은 까마득한 일이었다.

그럼에도 사람들은 희망을 잃지 않으려 안간힘을 썼다. 그들에게 한 가닥 희망은 샌프란시스코로 가는 것이었다. 샌프란시스코로 건너가면 채찍 맞는 강압에서 벗어나 두세 배 벌이를 할 수 있다는 것이었다. 첫해에 하와이로 끌려온 사람 가운데 열 명이 넘게 샌프란시스코로 건너갔다고 했다. 지독스럽게 돈을 모은 사람들이었다.

방영근은 악착같이 그 꿈을 이루자고 마음먹었다. 집으로 돌아갈 뱃삯을 마련하는 길은 그것밖에 없었다. 그러나 주만상처럼 낙심해서 몸과 마음에 병을 얻은 사람도 적지 않았다.

땅거미와 함께 일터에서 사람들이 돌아왔다. 루나가 벽에 세워진 들것에 주만상을 옮기라고 손짓했다. 방영근과 남용석은 주만상을 들것에 옮기고 앞뒤에서 들어 올렸다.

들것을 따라 나머지 일곱 사람이 우르르 막사 밖으로 따라 나왔다. 루나가 꽥 소리를 지르며 그들을 노려보았다. 걸음을 멈춘 그들의 얼굴에 금방 두려움이 서렸다. 아무도 더는 걸음을 옮기지 못했다.

"죽일 놈들, 사람이 다 죽게 돼서야 병원으로 옮기다니."

누군가가 진한 한숨을 토해 냈다.

방영근과 남용석이 들것을 차에 싣고 나서 막사로 돌아왔다. 긴 나무 의자에 앉아 있던 사람들이 모두 일어섰다.

"자네들 애썼네. 이리 앉아서 담배나 한 대씩 피게."

그중에 나이 많은 사람이 방영근과 남용석에게 담배를 권했다.

"그나저나 병이 쉬 나아야 할 건데……."

한 사람이 중얼거렸다.

"그러게 말이네, 걱정이구만."

분위기가 침통하게 가라앉았다.

"의사가 딴 흰둥이들허고 달리 인정도 있고 맘씨도 고웅게 잘해 줄 것잉마요."

사람들의 기분을 바꾸려고 방영근은 일부러 밝게 말했다.

다음 날, 그들이 일터에서 돌아오기를 기다리는 소식이 있었다. 주만상의 죽음이었다.

심한 노동으로 몸에 병이 생긴 데다 가시에 찔린 다리를 치료받지 못한 채 노동에 시달리면서 그 상처가 자꾸 깊어져 끝내 죽고 만 것이었다.

"이놈들이 생사람 잡은 거 아닌가!"

"그렇지. 병원에 빨리 데려다가 치료했으면 죽을 사람이 아니지."

"사람이 죽었는데 우선 병원으로 가 봐야지. 함께 고생하다 억울하게 죽은 사람인데."

"그 말이 맞소."

이런 의견이 오간 끝에 그들 막사의 아홉 명은 병원을 찾아가기로 했다. 그러나 아홉 명으로는 루나를 당해 낼 힘이 약했다. 그래서 방영근과 남용석은 사람들을 더 모으러 다른 막사로 나섰다.

"주만상이는 우리허고 한솥밥 먹으면서 함께 고생헌 한 식구요. 근디 일찍 병원에 못 가는 바람에 원통허게 죽고 말았소. 그래 함께 문상을 갔으면 허는디, 생각들이 어떠시오?"

방영근이 사람들 앞에 나서서 말했다.

"그럽시다. 다같이 갑시다."

사람들은 지체 없이 찬동했다. 동료가 죽은 것에 상기되어 있는 데다 방영근의 '한 식구'라는 말이 그들의 감정을 더 흔들었던 것이다.

방영근은 사람들의 호응이 더없이 기뻤다. 여러 사람 앞에 나서서 그런 말을 해 보기는 생전 처음이었다.

사람들이 곧 방영근네 막사 앞으로 모였다. 그 웅성거림을 숙직하는 루나가 모를 리 없었다.

"홧스 메러, 홧스 메러(무슨 일이야, 무슨 일)!"

채찍을 휘두르며 루나가 달려왔다. 옆구리에는 권총까지 매달려 있었다.

100명이 넘는 사람들은 평소와 달리 루나를 쏘아보고 있었다. 이상한 낌새를 눈치챘는지 루나는 한 발짝 물러서며 외쳤다.

"갓댐, 홧스 메러!"

"루나!"

방영근이 앞으로 나섰다. 그는 손짓 몸짓으로 사람이 죽은 시늉을 해 보이고, 뒤에 모인 사람들을 가리킨 다음 병원 쪽을 손가락질하며 절하는 시늉까지 했다.

"갓댐, 썬 오브 빗취!"

욕설과 함께 루나가 채찍을 휘둘렀다.

방영근은 민첩하게 피했고 루나가 다시 채찍을 내리쳤다. 방영근이 채찍을 그대로 맞는가 싶더니 순식간에 채찍을 낚아챘다.

루나와 방영근 사이에서 채찍이 팽팽해졌다.

"와아—."

사람들의 외침이 터졌다.

"저놈 몰매를 쳐!"

사람들이 고함을 질렀다.

방영근은 버팅기고 있던 채찍을 놓아 버렸다. 그리고 사람들에게 외쳤다.

"저놈이야 냅두고 병원으로 갑시다!"

"그럽시다. 병원으로 갑시다!"

여러 사람들이 목소리를 합쳤다. 그리고 그들은 걸음을 옮겨 놓기 시작했다.

"스톱, 스톱!"

루나는 권총을 빼 들고 외쳤다. 그러나 그들은 앞으로 밀고 나갔다.

탕!

총소리가 진동했다. 루나가 공포를 쏜 것이다. 주춤했던 그들은 다시 앞으로 밀고 나갔다. 총소리는 더 울리지 않았다.

주만상은 하얀 천을 쓴 채 침대에 누워 있었다. 의사는 말없이 하얀 천을 벗겨 보였다.

뼈만 남은 주만상의 얼굴은 우는 듯 찡그려진 느낌이었다. 옷깃을 여민 그들은 차례로 주만상과 작별했다.

"사람이 저세상으로 가는디, 그냥 보내서야 되겠소?"

남용석이 사람들을 둘러보며 말했다.

"죽은 것도 원통헌디 장례나 제대로 치러야제. 안 그러요?"

방영근이 사람들을 휘 둘러보았다. 그들 두 사람은 어느덧 주동자가 되어 있었다.

"맞는 말이오. 다들 자리 잡고 앉아서 그 일을 상의하도록 합시다."

누군가가 큰 소리로 대꾸했다.

병원은 비좁아 그들이 다 앉을 만한 데가 없었다. 그들은 전등을 내걸고 마당에 나앉기로 했다. 의사는 눈치 빠르게 그들의 일을 돕고 나섰다.

그들은 빈소를 차리고, 3일장을 하되 이틀 밤은 20명씩 빈소를 지키고, 상여도 꾸미는데 그 비용은 농장주가 내게 해야 한다는 결정을 보았다. 그즈음에 루나 넷이 나타났다. 루나들은 제각기 권총을 빼 들고 있었다. 사람들은 일제히 몸을 일으켰다.

"갓댐, 고 웨이 바라크!"

곰이란 별명의 루나가 외쳤다.

사람들은 막사로 돌아가라는 그 말을 알아들었지만 미동도 하지 않았다.

그때 의사가 루나들에게 무슨 말을 하기 시작했다. 의사와 루나들은 한동안 말을 주고받았다. 그러더니 루나 하나가 어둠 속으로 바삐 사라졌다.

"씻다운 프리스, 씻다운(앉으세요, 앉아)."

의사가 사람들에게 웃으며 손짓했다. 사람들은 그 손짓에 따라 다시 풀밭에 앉기 시작했다. 그들은 자신들이 원하는 쪽으로 일이 풀려 가게 되리라는 느낌을 갖게 되었다.

세 루나는 권총을 든 채 그들을 감시하고 있었다.

어둠이 짙어지면서 별들이 또렷또렷 빛났다. 낮과는 다른 서늘 바람 속에 벌레들의 울음소리가 들려왔다. 그 속에 도마뱀들의 울음소리도 섞여 있었다.

어둠 속으로 사라졌던 루나가 한 남자를 데리고 나타났다. 그 남자는 영어를 할 줄 아는 조선 사람으로 어쩌다 보게 되는 얼굴이었다.

"당신네들이 원하는 것이 무엇인지 말해 주시오."

그 남자가 그들 쪽으로 돌아서며 말했다.

사람들이 등을 떼밀어 방영근은 일어나지 않을 수가 없었다. 방영근은 아까 결정한 것을 차근차근 말했고, 그 남자가 루나들에게 그 말을 전했다. 루나들이 언성을 높이며 뭐라고 떠들어 댔다. 그 남자가 다시 돌아섰다.

"장례는 자기네들이 다 알아서 한다고 당신들은 간섭 말고 돌아가라는 거요."

"생사람 죽인 놈들이 무슨 잡소리여? 우리는 죽어도 그리 못 혀!"

남용석이 벌떡 일어나며 외쳤다.

"맞어, 죽어도 그리 못 혀!"

방영근이 땅을 박차고 일어났다. 그 뒤를 따라 사람들이 와아 함성을 지르며 몸들을 일으켰다. 루나들이 반사적으로 권총을 빼 들었다. 다시 분위기가 험악해졌다.

의사가 다시 루나들에게 다가가 이야기를 주고받더니 루나 하나가 급히 사라졌다.

다음 날이 토요일이니 일을 쉬고, 장례는 일요일에 치른다. 다른 모든 것은 원하는 대로 들어준다. 농장 주인의 결정이었다.

그들은 그 결정을 받아들이고 곧바로 상여를 만들기 시작했다. 루나들은 재목이며 연장을 요구하는 대로 실어 왔다. 농장 주인의 결정이 신효하기는 신효했다. 그러나 그들은 농장 주인에게 털끝만큼도 고마워하지 않았다. 그와는 반대로 자신들의 단합된 힘이 얼마나 센지 비로소 깨닫고 있었다.

상여는 점심나절까지 그럴듯하게 꾸며졌다. 사람이 많다 보니 목수 일을 흉내 내는 사람도 여럿이었고, 색종이로 꽃술을 만들 줄 아는 사람도 더러 섞여 있었다. 한지를 구하지 못해 서양 색종이를 쓸 수밖에 없었다. 더 아쉬운 것은 그림을 그릴 줄 아는 사람이 없다는 점이었다. 상여에 채색 치장을 할 수가 없어 대신 꽃술을 푸짐하게 달기로 했다.

관은 서양 관을 쓰기로 했다. 조선식으로 짜 봐야 나무에 칠을 해서 말릴 여유가 없었다.

삐쩍 마른 시체를 관으로 옮기자 지켜보던 사람들은 모두 눈시울을 적셨다. 반쯤 벌어진 시신의 입에 쌀알이 가득 찼고, 그 가운데 동전이 하나 꽂혀 있었다. 그리고 가슴팍 옷깃에는 10달러짜리 종이돈 석 장이 반쯤 보이게 끼어 있었다. 30달러 10센트, 주만상의 유품에서 나온 돈이었다. 고향에 가져가려고 모은 그 돈을 저승 노자로 쓰고 있었다. 입에 가득 찬 쌀알은 검게 탄 얼굴 가운데서 무슨 보석인 것처럼 새하얗게 돋아 보였다.

날이 새고 하와이의 해가 이글이글 돋아 올랐다. 사람들은 모두 새 옷으로 갈아입었다.

상여는 10시에 저승걸음을 시작했다.

어으허으 어어허야 어얼럴러 어으히야
가네 가네 나는 가네
육십이라 한평생을
반도 못 채우고 나는 가네
어으허으 어어허야 어얼럴러 어으히야

엄니 엄니 우리 엄니

불효자식 용서하소

미국 땅 하와이가 이내 원수요

어으허으 어어허야 어얼럴러 어으히야

저승길이 멀고 험해

고향서도 어둔 발길

타국 땅 수만 리서 어찌 갈거나

상여는 앞으로 두어 걸음, 뒤로 한 걸음, 물결 굽이치듯 대밭 출렁이듯 느리게 흔들리며 서러운 하소연인 듯 사무치는 흐느낌인 듯 퍼지고 있는 길닦음소리에

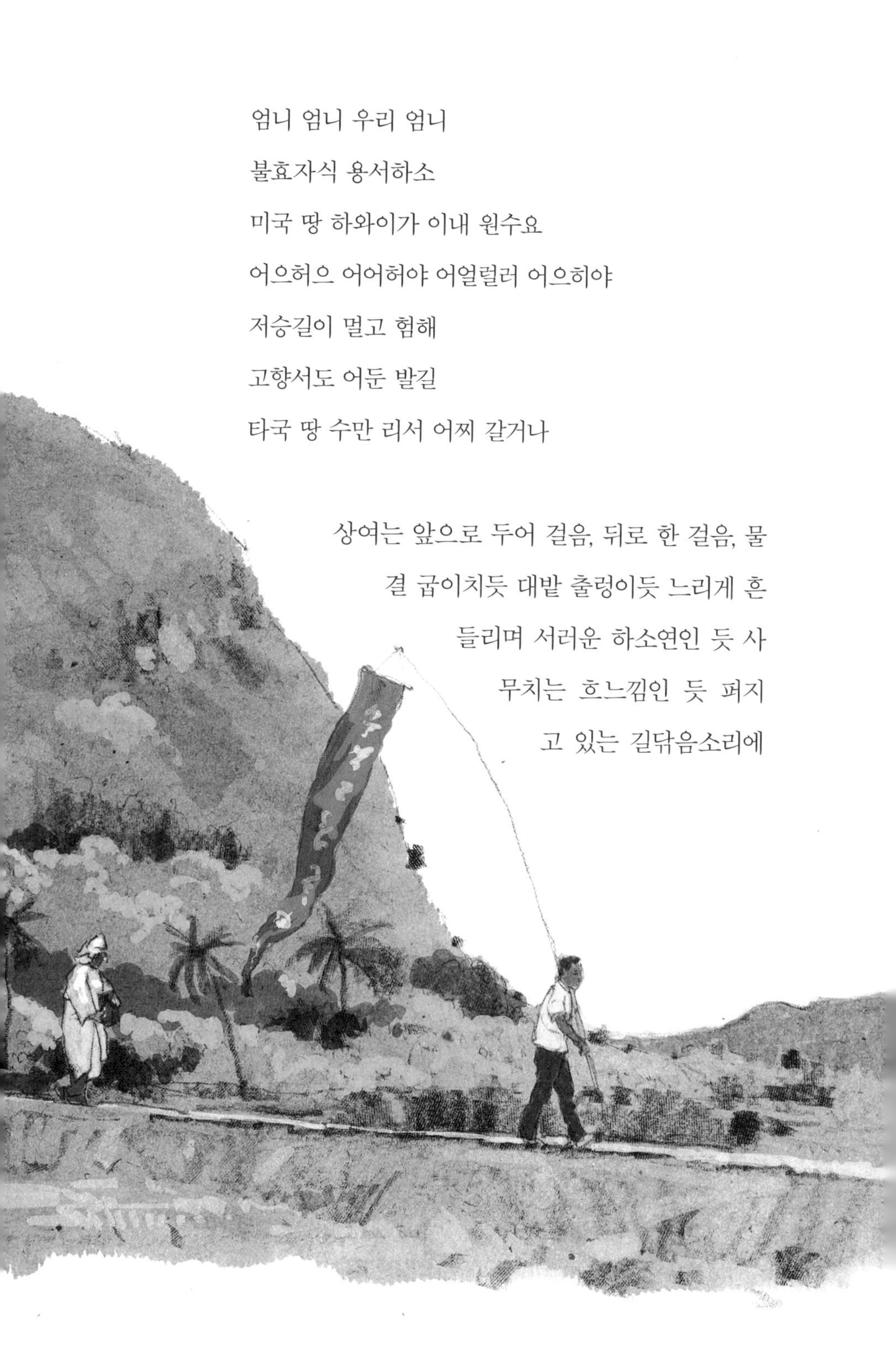

부축 받고 있었다.

눈이 시도록 밝고 바늘 끝처럼 따가운 햇살 속에 개간된 땅은 핏빛으로 붉은 속살을 벌겋게 드러내고 있었다. 그 땅을 일구면서 그 처연한 색깔만큼 진한 피땀을 쏟아 낸 사람들이 마음 합쳐 부르는 길닦음소리가 그 땅 켜켜이 스며들고 있었다.

길닦음소리가 끝나면서 상여가 조금 빨리 움직이는 것 같았다. 그때 누군가가 노래를 시작했다.

아아리라앙 아아리라앙 아아라아리요오
아아리라앙 고오개애로 너어머가안다아

노래는 이내 합창으로 어우러졌다.

구성지고 눈물겹고 서럽고 사무치고 한스러운 가락을 이끌며 상여는 붉은 벌판 끝으로 느리게 사라지고 있었다.

〈2권에 계속〉

조정래 대하소설

아리랑

[제1부 아, 한반도]

주요 인물 소개

소설에 담긴 역사 속 주요 사건

주요 인물 소개

감골댁

동학 농민군에 나갔다 돌아온 남편의 병수발로 빚더미에 앉은 후, 아들을 하와이로 보내지 않으려면 큰딸 보름을 부자의 첩으로 빼앗겨야 하고, 딸을 지키려면 어쩔 수 없이 아들을 하와이로 보내야 하는 막다른 형편에서 후자를 택하고 고통 받는다.

방영근

가족을 위해 20원에 하와이로 일하러 가서 뜨거운 태양 아래에서 노예처럼 부려지는 청년이다. 고향에서 고생할 어머니와 동생들을 그리워하며 배삯을 다 갚고 집으로 돌아오기 위해 모진 노동을 참고 살아간다.

지삼출

방영근이 떠난 후에도 돈을 받지 못한 감골댁을 도우러 따라 나섰다가 대륙식민회사 장칠문을 들이받은 죄로 일본 경찰에 투옥된다. 아내 무주댁과 아이들 생각에 도망치지도 못하고 철도 공사장 일꾼으로 잡혀 간다.

송수익

사랑방 모퉁이에 서당을 차려 동네 아이들을 가르쳤으나 일본이 정책을 바꾸어 그마저도 하지 못하고 뒤숭숭한 마음에 신문을 읽으며 세상의 변화를 살피는 20대 중반의 양반이다.

장덕풍

잡화상 주인으로 가게에 드나드는 보부상들을 통해 동학 농민군의 움직임을 파악하고 일본군에 알려 돈을 번다.

장칠문

하와이로 이민 갈 사람을 모으는 대륙식민회사에서 일하며 동학 농민군의 움직임을 파악해 아버지 장덕풍에게 알리는 스무 살 청년이다.

하야가와

목포우체국 군산출장소 소장으로 예의가 바르고 겸손해 조선 사람들의 환심을 샀지만, 사실은 조선의 정보를 수집하기 위해 배치된 인물이다.

쓰지무라

일본 영사관 서기로 하야가와와 합심해 백종두를 일진회 회장 자리에 앉히고 친일 단체의 뒤를 봐 준다.

백종두

고을의 이방이지만 자기 잇속을 챙기기 위해서라면 친일 행위도 서슴지 않는 인물이다. 썩은 조선 관리를 혼내 주어야 한다고 청년들을 선동해 싸움을 벌임으로써 일본인들의 환심을 산다.

이동만

널찍한 집, 아이들의 신식 공부, 재산도 남부럽지 않게 지니겠다는 목적으로 일본인 지주 요시다에게 신용을 얻기 위해 노력하는 마름이다.

소설에 담긴 역사 속 주요 사건 : 1895~1910년

단발령

1895년 일본의 강요로 고종이 백성에게 머리를 깎게 한 명령으로, 가장 처음 고종이 머리를 깎았고 대신들이 이를 따랐다.

경부철도 부설권

일본은 1894년 서울과 인천 그리고 서울과 부산 사이에 군용전선 가설 공사를 했고, 동학 농민군을 진압한 후에는 우체국 시설로 변경했다. 1898년 고종 황제는 경부철도 부설권을 일본에게 허가했고, 일본은 1901년 8월부터 본격적으로 공사를 진행했다.

하와이 이민

주한 미국 공사 알렌의 주선으로 이루어진 하와이 사탕수수 농장으로의 이민으로, 1902년 대한제국 정부는 수민원을 설치하고 1차로 121명을 보냈다. 이곳으로 보내진 한인들은 노예와 같은 노동을 하면서도 모은 돈을 독립운동 자금으로 제공하기도 하였다.

군사경찰훈령

1904년 일본은 을사늑약 체결 직전 총포와 탄약 등을 마음대로 개인이 소유하지 못한다는 등의 내용을 포함하는 훈령을 발표하여 한국의 치안권을 빼앗았다.

러일전쟁

1904년부터 1905년 사이에 만주와 한국의 지배권을 두고 러시아와 일본이 벌인 전쟁이다. 일본은 이 전쟁에서 승리함으로써 한국에 대한 지배권을 확립했고, 만주로 진출할 수 있게 되었다.

제1차 한일협약

1904년 일본이 고문정치를 실시하기 위해 강압적으로 체결한 협정이다. 외교 관계의 처리는 일본 정부와 협의를 거친다는 내용의 전문 3조로 이루어진 이 조약으로 인해 재정·외교·군사 등의 분야에 일본인 고문이 취임하면서, 한국은 사실상 일본의 속국이 되었다.

일진회 창설

1904년 일본의 한국 병탄 정책에 적극 호응하여 그 실현에 앞장선 친일단체로 1910년까지 활동하였다. 송병준이 중심이 되어 을사늑약 지지 선언, 고종 양위 강요, 한일병합조약 체결 주장 등 매국적 행위를 일삼았다.

최익현, 임병찬 전북 태인 봉기

을사늑약 직후인 1906년 6월, 전라북도 태인·정읍·순창 등지에서 의병을 일으켜 일본군 및 관군과 싸운 사건으로, 최익현과 임병찬은 이때 붙잡혀 쓰시마 섬에 유배되었다가 1907년 임병찬은 풀려났고, 최익현은 그곳에서 순국하였다.

이민조례

1906년 반포된 법규로, 일제가 국민들의 자유를 위해 한국인과 일본인의 자유로운 왕래를 허용한다는 명목을 내세웠으나, 실제로는 일본인의 한국 내 거주를 늘려서 침탈을 본격화하기 위한 조치였다.

신지방관제

1906년 일본은 조선통감부를 설치하고, 전국을 13도 11부 333군으로 개편하는 등 지방 행정 구역을 대폭 개편하고, 일본인 참여관을 두어 감독하게 한 조치이다. 이는 한국의 행정권을 박탈하기 위한 조치 중 하나였다.

신작로 건설

1907년부터 1911년까지 일제가 전국의 도로를 수리하거나 신설한 사업이다. 한반도를 일본의 대륙 진출을 위한 전초 기지로 삼기 위한 도로 정책으로, 일본의 군사 활동과 경제 수탈을 원활히 하는 데에 목적이 있었다.

국채 보상 운동

1907년부터 1908년 사이에 국채를 국민들의 모금으로 갚기 위하여 전개된 국권 회복 운동이다. 1894년 청일전쟁 당시부터 경제를 장악하고 침탈하기 위해 의도적으로 조선에 차관을 제공하고 상환을 독촉해 오는 일본으로부터 벗어나려는 운동이었다.

고종 황제 양위

1907년 7월 20일 고종이 을사늑약의 불법성을 국제 사회에 알리기 위해 헤이그 특사를 파견한 데 대한 책임을 추궁하는 일본의 강압에 못 이겨 황위를 순종에게 위임했다가 곧바로 양위한 사건이다.

한일 신협약

1907년 일본이 한국과 체결한 7개 항목의 조약으로 '정미칠조약'이라고도 한다. 헤이그 특사 파견 후 강력한 침략 행위를 위해 작성한 조약으로, 이로 인해 한국은 군대 해산, 사법권·행정권 등을 강제로 빼앗겨 사실상 일본의 식민지가 되었다.

장인환 사건

1908년 3월 23일 샌프란시스코 페리 부두 정거장 앞에서 장인환과 전명운이 한국 정부의 외교고문이라는 직함을 가지고 일제의 앞잡이 노릇을 하던 미국인 스티븐스를 총살한 사건이다. 이들의 재판 비용을 대기 위한 모금 운동에 7천 달러가 넘게 모였다.

남한 대토벌

일제가 의병 세력을 완전히 토벌하기 위한 목적으로 1909년 9월 1일부터 10월 30일까지 의병의 주요 근거지인 호남 지역을 대상으로 펼친 군사 작전이다. 이후 의병들은 만주, 러시아 등 국외로 이동하여, 독립군이 되었다.

토지조사사업

1910년부터 1918년까지 일제가 한국에서 식민지적 토지 제도를 수립하기 위해 실시한 대규모 조사 사업이다. 수백만의 농민이 토지에 대한 권리를 잃고 영세 소작인, 화전민, 자유 노동자로 전락한 데 반해, 일제는 전국토의 40퍼센트에 해당하는 전답과 임야의 대주주가 되었다.

조선교육령

한국인에 대한 일제의 교육 방침에 관한 법령으로 1911년 8월 전문 30조로 공포되었다. 일본어 보급이 주목적이며, 저급한 실업 교육을 장려하여 한국인을 우민화하는 교육 정책이었다.

한일합방조약

1910년 8월 29일 일제가 대한제국을 완전한 식민지로 만들기 위해 강제로 체결한 조약으로 '경술국치조약', '일제병탄조약'이라고도 한다. 대한제국 황제의 승인과 비준을 받지 못한 불법 조약이다.

국권 반환 운동

일제에 대항하여 국권 회복을 위해 벌인 실력 양성 운동의 총칭으로, 일본에 진 빚을 국민의 성금으로 갚자는 국채 보상 운동, 개화파 인사들을 중심으로 펼친 자강 계몽 운동 등이 대표적이다.

조정래 대하소설

아리랑 청소년판 1

초판 1쇄 2015년 6월 15일

원작 | 조정래
엮음 | 조호상
그림 | 백남원
발행인 | 송영석

펴낸곳 | (株)해냄출판사
등록번호 | 제10-229호
등록일자 | 1988년 5월 11일(설립일자 | 1983년 6월 24일)

121-893 서울시 마포구 잔다리로 30 해냄빌딩 5·6층
대표전화 | 326-1600 **팩스** | 326-1624
홈페이지 | www.hainaim.com

ISBN 978-89-6574-511-2
ISBN 978-89-6574-510-5(세트)

파본은 본사나 구입하신 서점에서 교환하여 드립니다.

이 도서의 국립중앙도서관 출판예정도서목록(CIP)은 서지정보유통지원시스템 홈페이지(http://seoji.nl.go.kr)와 국가자료공동목록시스템(http://www.nl.go.kr/kolisnet)에서 이용하실 수 있습니다.(CIP제어번호: CIP2015014270)